双葉文庫

真・八州廻り浪人奉行

月下の剣

稲葉稔

目次

月下の剣

真・八州廻り浪人奉行

第一章　蝙蝠安《こうもりやす》

一

田に張られた水が、夕暮れ間近な空を映している。

青々とした稲はまだ短く華奢《きやしや》で、風にそよいでいる。田にはオタマジャクシ、沢蟹《さわがに》の姿も見られた。田の上を低く切るように飛んでいった燕は、先の小高い丘にある古い明神社《みようじんしや》の境内《けいだい》に消えていった。

その先のほうには鬱蒼《うつそう》とした山がそびえている。

大山《おおやま》（標高一二五一メートル）だった。地元民は「雨降山《あめふりやま》」あるいは「阿夫利山《あふりやま》」といったりする。雨乞い、五穀豊穣《ごこくほうじよう》、厄除け、商売繁盛、あるいは海上守護の霊験《れいげん》もあるといわれ、古くから農漁民、商人、職人、そして武士にいたるまで信仰が深く、「大山講」が拡《ひろ》まっていた。

男たちはついさっきも、その講中を見たばかりだった。二十人ほどの集団だったが、誰もが同じような装束だった。白の行衣《ぎょうい》に手甲脚絆《てっこうきゃはん》、背には雨具などを入れた袋物を背負っていた。

腰に鈴をつけているので、その音が和していた。彼らは登下山のおりに「六根《ろっこん》清浄《しょうじょう》」の念仏を唱えるが、無事に参拝をすませて安心したのか、黙々と歩いていた。彼らの居場所を知らせる鈴の音が次第に遠のき、やがて聞こえなくなった。

「ありゃ、江戸者だろう」

ひげ面《づら》の弁太郎《べんたろう》がすね毛をひっかきながら、仲間を見た。

「どうしてそうだとわかる？」

仲間にでこ助と揶揄《やゆ》される金次《きんじ》だった。よく日に焼けているそのでこには、てかりがあった。

「見りゃわかる。それに江戸の匂いがする」

「匂いだと。おめえ、そんなに鼻がよかったか」

でこの金次は、ふんと、鼻で笑って、言葉を足した。

「だったら八州野郎の匂いを嗅ぎ分けてみやがれ。そうすりゃ、おれたちゃこそこそ逃げまわることなんざねえんだ。なあ」

金次は他の仲間を見て、そうだろうといった。そこには金次と弁太郎の他に三人の仲間がいた。

誰もが汚れた身なりで、疲れ切った顔をしていた。腰に長脇差《ながどす》をぶち込み、小石を入れた袋を帯に下げていた。手甲脚絆によれよれの鎖帷子《くさりかたびら》も着込んでいる。

「馬鹿にしやがって。だったら八州の匂いを嗅いでやろうじゃねえか」

弁太郎がムキになったのがおかしかったのか、金次がケラケラと馬鹿にしたように笑った。

「そういうんだったら、やってもらおうぜ。兄貴たちが戻ってくるころにゃ、おれたちゃ八州を血祭りにあげている」

源三《げんぞう》という男だった。源三のいう兄貴とは、蝙蝠の安蔵《やすぞう》のことである。安蔵は二人の手下を連れて、自分たちを追っている八州廻りを逆に探しにいっているのだった。

「八州を血祭りか。そりゃいい。それができりゃ、安蔵さんもさぞや喜ぶだろうよ。だがよ、相手は浪人奉行と呼ばれる八州だ。その辺をうろついている八州廻りとは、ちょいとちがうっていうじゃねえか」

金次は源三を見て、くわえた木の葉を引きちぎった。

「どう、ちがうってんだ」

源三が聞き返した。

「噂じゃ、相当腕が立つってことだ。だから、小者《こもの》や道案内などをつけねえで、一人で廻るって話だ」

「不用心じゃねえか」

「よっぽど腕が立つんだろう。そうでなきゃ、いくら八州といったって一人じゃ動き廻らねえさ」

「一人だったらなにもおれたちゃ逃げることはねえだろう。いくら腕が立とうが、相手はたかだか一人。おれたちが束になってかかりゃ造作ねえだろう」

「おれもそう思うんだ。だが、安蔵さんが用心しろというから、しゃあねえだろう」

「その八州はなんで、浪人奉行なんて呼ばれるんだ？」

源三は吸っていた煙管《きせる》の雁首《がんくび》を、膝頭に打ちつけた。

「よくは知らねえが、浪人から八州廻りに取り立てられたとか、関八州の無宿《むしゅく》浪人を片っ端から裁いているからとか……そんなことのようだ」

「奉行なんて偉そうなあだ名を……。おい弁太郎、おめえはさっき鼻が利くといったな。八州の匂いを嗅いでもらおうじゃねえか」

源三は弁太郎を見て、嘲《あざけ》りの笑みを浮かべた。

「くそ、よってたかっておれを馬鹿にしやがって。おう、だったら嗅いで見つけてやろうじゃねえか」

弁太郎は顎《あご》のひげを手の甲でこすると、勢いよく立ちあがった。尻についた埃《ほこり》を払い、矢倉沢往還《やぐらざわおうかん》まで出て、左右を眺めた。

もう人の姿は見られなかった。田や畑も閑散としていて、衰えた日の光に包まれている。

（犬じゃねえんだ。あいつら冗談を真に受けやがって……）

弁太郎は往還の東を眺めた。そのまま道を進めば厚木《あつぎ》方面で、いずれ江戸につながっている。反対は伊勢原《いせはら》を経由して矢倉沢の関所へ向かう。

弁太郎は鳴き声を落としながら空をわたっていく二羽の鴉《からす》を見送った。大山は西日を受けて、なだらかな山の稜線が白っぽくなっていた。

（こんなとこにいたって、八州が来るわけがない）

弁太郎は小石を蹴って、仲間のいるあばら屋の前にとぼとぼと戻った。

「なんだ、もう戻って来やがった。八州の匂いでもしたか」

でこの金次が憎まれ口をたたいてくる。

「ああ匂いがしたよ」

と、弁太郎は応じたとたん、驚いたように目を瞠《みは》った。

すぐそばの丘の上に、一人の男が現われたのだ。

男は西日を背中に受けているので顔は見えなかった。だが、片手に十手《じって》を下げている。もう一方の手は刀の柄《つか》に添えられていた。

手甲脚絆に裁着袴《たつけばかま》、羽織は襷掛《たすきが》けにしてあり、頭に鉢巻きをしている。

「誰だ……」

地べたに座り、藁束《わらたば》によりかかっていた金次が立ちあがった。床几《しょうぎ》に座っていた者も、木の根方でごろりと横になっていた者も、それぞれに立ちあがった。

「おい、なんだ。おれたちゃ見世物じゃねえんだ。なぜ、そこに突っ立ってやがる」

金次が胴間声《どうまごえ》を飛ばした。

すると男は、丘の上からゆっくりおりてきながら声を発した。

二

「きさまら、蝙蝠の安蔵の仲間だな」

「だったらどうだってんだ」

額の張ったでこがいい返した。

「安蔵を捕まえに来た」

「なんだと」

あばら屋の前にいた男たちは互いに顔を見合わせた。

「関東取締出役《かんとうとりしまりしゅつやく》・小室春斎《こむろしゅんさい》だ」

春斎は名乗ってから目の前の男たちをにらみ据えた。すでに丘をおり、男たちと同じ平地に立っていた。落日を背にしている春斎の影が、男たちの足許にのびていた。

「八州廻りだ」

ひげ面の男がつぶやけば、でこがゴクリと喉仏《のどぼとけ》を動かしてつばを呑み込んだ。

「浪人奉行ってやつか……」

右端の男がいった。

「安蔵はどこだ？　教えてくれれば、きさまらは目こぼしをしてもいい」

春斎は一歩踏みだしていった。それと同時に、五人の男たちは揃ったように長脇差の柄に手をやった。春斎は逆ハの字眉をわずかに動かした。

「安蔵を庇《かば》うつもりか。それは為にならぬことだ。それとも、まだ分け前をもらっていないといったところか……」

「ぬかせッ」

でこが吐き捨てるようにいった。すでに鯉口《こいぐち》を切っている。

春斎はどうしようか迷った。むやみな戦いは避けたい。だが、目の前の男たちにはおとなしく引き下がる素振《そぶ》りはない。

暮れかかった空を、鴉が羽音を落としながら飛んでいった。野山を包んでいた蟬の声は小さくなっている。

「源三さん、どうする？」

寸胴《ずんどう》で短足の男に声をかけた。

「こいつァ一人だ。兄貴に手間かけさせることなんざねえ。おれたちで片付けるんだ」

源三はそういうなり刀を引き抜いた。

他の男たちもそれにあわせて刀を抜き、身構えた。

春斎は細いため息をついた。

「もう一度いう。安蔵の居所を教えるんだ」

「しゃらくせえ野郎だ！」

源三が斬りかかってきた。春斎は体を開いてかわすなり、左手に持っていた十手で源三の腰をたたき、すぐさま愛刀・五郎入道正宗《ごろうにゅうどうまさむね》を引き抜いた。そのときには、紫房の十手は帯に差していた。

「かかってくるなら容赦《ようしゃ》せぬ」

春斎は鷹のような目になって男たちに忠告した。

「かまうこたァねえ、やっちまうんだ！」

十手で腰をたたかれた源三が吼《ほ》え立てた。直後、「ア、イタタタ」と、情けなく腰を押さえて尻餅《しりもち》をついた。

そんなことにはかまわずに、他の仲間は春斎を取り囲むように動いた。

（ほう……）

春斎は内心で感心した。単なる盗賊ではなく、ちゃんと戦い方を知っているようだ。

春斎はもう一度忠告した。八州廻りには「斬り捨て勝手」の特権がある。男たちは忠告にはしたがわなかった。横から撃ちかかってきた男がいた。春斎は左足を引くと同時に斬りあげた。


「ギャー！」

男は肩口から血潮を迸《ほとばし》らせながら、踊るように一回転すると、手から刀を落として、そのまま倒れた。その刹那、春斎の背後から撃ちかかってきた男がいた。

春斎は右に半尺動くと同時に、振りあげていた刀を手許に引き寄せてかわすなり、正面から撃ち込もうとしていた男の胸に突きを送り込んだ。

「ぶッふぉッ……」

相手はだらしなく口を開けて、そのままのけぞって倒れた。

残る相手は二人だが、すでに腰が引けていた。春斎はくるっと刀を返して、その二人をにらみ据えた。返した刀の刃が、衰えた日の光を鈍く照らした。

「蝙蝠の安蔵はどこだ？　いえば、斬らぬ」

「し、知るかってんだ。おりゃあー！」

撃ちかかってきたのはでこだった。刀に物が引っかかったように、闇雲《やみくも》に振りまわしてくる。春斎が間合いを外せば、斬りあげたり斬りさげたりと大忙しだが、刀は春斎の体をかすりもしない。

「くそッ」

でこは肩を激しく上下させ、青眼の構えに戻した。

ハアハアと、息を乱している。それでも闘争心は忘れていないらしく、じりじりと間合いを詰めてくる。

春斎は静かに眺めて、横にいるもう一人の動きに注意した。その男は隙を見て撃ち込む瞬間をさきほどから窺《うかが》っているが、二の足を踏んでいた。

「何度もいうが、無駄なことはやめるんだ。いたずらに命を縮めるだけだ。それとも命など捨てているか。そうではないだろう。生きていたければ、刀を引け」

「引いたらどうする？」

でこが聞き返す。双眸《そうぼう》は油断なく春斎に向けたままだ。

「安蔵の居所を教えるんだ。どうせ、おまえらは安蔵にうまく丸め込まれているだけだろう。いまならまだ間に合う」

「なにが間に合うってんだ？」

「縛《ばく》につき、罪の償いをすることだ」

「へん、調子のいいことをいいやがる。捕まりゃ、首を飛ばされるぐらいのことはわかってらァ」

「……覚悟はできてるってわけか」

「おお、できてるとも。てめえを殺す覚悟ってやつがな」

でこは「へへへ」と、不敵な笑いを漏らした。

春斎は口を真一文字に引き結び、刀を右下段におろした。日が大山に没したらしく、辺りが薄暗くなった。

でこが正面から撃ち込んできた。春斎は右足を前に送り込みながら、胴を抜いた。でこの体がふたつに折れて、声もなく倒れた。刹那、もう一人が横から撃ちかかってきた。その動きを予想していた春斎は、相手の刀を下からすりあげてはね返した。

反動で男の体が背後に泳ぐように動いた。春斎は一歩踏み込むなり、相手の胸を袈裟《けさ》懸《が》けに斬った。

相手は獣じみた絶叫をあげて倒れたが、春斎はその死をたしかめもせずに、痛めた腰を押さえて逃げようとしていた源三を追いかけて、その後ろ首に刀をぴたりとつけた。

「ひッ」

源三は恐怖に目を剝《む》いたまま、ゆっくり春斎を振り返った。

三

高森村《たかもりむら》（現・伊勢原市）で、蝙蝠の安蔵の手下を見つけた春斎は、賊の捕縛をあきらめ、やむなく斬り捨ててしまったが、源三という安蔵の弟分だけは生かしておいた。

いま、春斎は同村の西境を流れる歌川《うたがわ》沿いの道を西へ向かって進んでいた。大八車に賊の屍体四つと、源三を乗せていた。大八車を引くのは、雇った村の者二人だった。

ゴトゴトと車輪が音を立てながら凸凹道を進む。春斎は大八車の後ろを歩きながら、ときどき源三の様子を見、また周囲に目を光らせていた。

向かうのは大山の登り口にあたる日向村《ひなたむら》である。大山の頂上には阿夫利神社の本殿が祀《まつ》られている。そこに到るにはいくつかの経路があるが、大きくふたつに分けられる。

ひとつが日向で、もうひとつが大山北側の蓑毛《みのげ》（現・秦野《はだの》市）である。蓑毛からの経路を裏参道とすれば、日向は表参道ということになる。実際、地元民の中にはそんな呼び方をする者もいる。

いまは大山は黒々と夜の闇に沈んでいる。その上空には鮮やかにきらめく星たちが散らばっていた。徐々に稲田は少なくなるが、蛙の声はやむことがない。そして、周囲の木立からは梟《ふくろう》の声が届いている。

「八州さま、あそこに明かりの見えるのが村役の家です」

大八車を引く一人が、振り返って教えてくれた。

畑をまわりこむ野路の向こうに、ぽつんと、小さな明かりが見えた。

「作兵衛《さくべえ》というんだったな」

「へえ、さようで」

「このあたりに医者はおらぬか？」

「医者はいませんが、巳之吉《みのきち》という手当ての上手な人がいます」

「作兵衛の家に着いたら、その巳之吉を呼んで来てくれるか」

「へえ。でも、ここに積んでるのはみな屍体では……」

小柄な男は自分の引く大八車を見て、ぶるっと肩を揺すった。

「用があるのは屍体ではない。一人は生きておるんだ」

　春斎はそういって源三を見た。源三はおとなしく縛られたままだが、春斎に十手で打たれたところが痛むらしく、顔をしかめてうずくまっていた。

　作兵衛の家に着くと、大八車を引いてくれた二人に、巳之吉を呼んでくるように頼んで帰した。

「八州さま、ご苦労さまでございました」

　村役の作兵衛は先に連絡を入れていたので、戸口の前で待っていてくれた。だが、提灯《ちょうちん》で大八車を照らして、ギョッと目を瞠った。筵《むしろ》をかけてあるが、見当がついたらしい。

「いったい何人を……」

「四人だ。しかたなかった。だが、一人は生きている」

　春斎はそういって、縛っている源三を大八車からおろしてやった。とたん、「イタタタ」と、源三は悲鳴を漏らした。

　作兵衛が怪我でもしているのか、と顔を向けてくる。

「腰を痛めているだけだ。手当てのできる者を呼びにやらせたから、あとで診せる。それより、水をくれぬか」

春斎は作兵衛の家の中に案内され、座敷でやっとくつろぐことができた。家の者は遠慮して奥の居間に控えていた。

「ところで、寅吉《とらきち》という者からなにか知らせは入っておらぬか」

春斎はざっと村の様子を聞いてから訊《たず》ねた。

「まだなにもございませんが……」

春斎は虚空を短く凝視した。

小者の寅吉とは、矢倉沢の関所から引き返す途中で別れていた。日向で合流する手はずになっているが、なにか出来《しゅったい》したのではないかと危惧《きぐ》した。

「その方は？」

「おれの小者だ。この村で会うことになっているのだが……。まあ、あやつのことだから心配はいらぬだろう」

そんなことを話していると、巳之吉という男がやってきた。

「八州さまにお呼び立てをいただきまして……」

戸口でそう挨拶をした巳之吉は、禿頭《とくとう》の男だった。目が悪いらしく糸のように細めていて、杖をついていた。

「その男は腰を悪くしている。ちょっと診てくれぬか」

春斎は土間の筵に座らせている源三を顎でしゃくった。巳之吉は怪訝《けげん》そうに首をかしげて、なぜ縛られているのだと聞く。

「そやつは人殺しの仲間だ」

「ヘッ、人殺し……」

「江戸の商家に押し入り、主《あるじ》夫婦と奉公人を含めて十一人を殺し、金を奪って逃げているのだ。悪さはそれだけではないが……」

「そ、そんな悪いことをしているのに、診てもよいので……」

「楽にさせないと、聞ける話も聞けぬのでな」

巳之吉は気乗りしない顔だったが、春斎が源三の縛《いまし》めをほどくと、おそるおそる源三の体をさわっていった。

「なぜ、こんなことに……」

巳之吉が源三を診ながら、春斎に顔を向ける。

「おれが十手でたたいたのだ」

「……これは打ち所が悪かったようです。いえ、よかったといえばいいか……」

「治りそうか？」

「さあ、どうでしょう。背骨に罅《ひび》が入っているか、折れているようです。治るには早くても半年はかかるでしょう」

「そこをなんとかするのが仕事だろ。ごちゃごちゃいいやがって……ア、イタタタ」

源三が減らず口をたたいて顔をゆがめた。

「これでは歩くのもままなりませんな。春斎は源三を座敷にあげて診てよろしいですか」

巳之吉がそういうので、春斎は源三を座敷にあげてやった。さきほどより症状が重くなっているらしく、源三は脂汗《あぶらあせ》を浮かべていた。

巳之吉は指圧をしたり、背骨の矯正をするために上半身をひねったりと施療《せりよう》をしていった。そのたびに、源三は情けない悲鳴を漏らした。

「痛み止めの薬を置いていきますので、それで様子を見てください。うまく骨がつながれば治るでしょうが、つながらないと一生足腰は立たないでしょう」

「なんだとォ、あッ、イタッ」

源三は起きあがろうとしたが、すぐに横になった。

「苦しそうだな。まあ、今夜一晩はゆっくり休ませてやる。明日の朝になったら、洗いざらいしゃべってもらうから観念するんだ」

春斎は縛るのをやめて、板の間に源三を寝かせることにした。

巳之吉が帰っていくと、春斎は作兵衛の女房から酒肴《しゅこう》をもてなされた。

「藤沢宿《ふじさわじゅく》からこちらへ見えられたのですか」

作兵衛が酌をしながら好奇心の勝った顔を向けてくる。しわの多い男だった。五十を少し越えたぐらいの年齢だろうが、還暦《かんれき》以上に見える。

「賊の首領は、蝙蝠の安蔵という。ちぢめて蝙蝠安と呼ぶこともあるようだ。背中に蝙蝠の彫り物を入れているという話だ。まあ、そんなことはどうでもいいが、とにかくその安蔵は、とんだ悪党だ。江戸から逃げる際にも、途中の宿場で人を殺し、金を奪っている。逃《の》がすわけにはいかぬ」

「そんな恐ろしい賊がこの辺に……はあ、くわばらくわばら」

作兵衛は災難が起きなければいいがと、言葉を足した。

「これが蝙蝠安の人相書きだ。明日、村の者に注意を与えてくれるか」

「へえ、早速にも触れを出すことにしましょう」

作兵衛はそういうと、下男を呼んで春斎から受け取った人相書きをわたして、近所の家に走るように命じた。人相書きは多めに作ってあるので、春斎の懐にはまだ余分があった。

「ところで、御師《おし》を巻き込んだ騒ぎがあると耳にしたのだが、おぬしは聞いているか」

「それは裏参道のほうでしょう。こっちの村にはそんなことはありませんので。でも、話にはぼんやり聞いております。はっきりしたことはわかりませんが、御師同士でひどい争いが起きているとか……」

作兵衛はゆっくり酒を呑んだ。

御師とは、大山の山麓に居住する僧や神職のことをいう。決まった神社や寺院の一員で、参詣者を案内したり、祈禱《きとう》や登拝《とうはい》の世話をしたりする。

「裏参道というなら、蓑毛のほうであるか」

「さようです」

「ふむ」

春斎は蝙蝠安の一件を片付けたら、蓑毛まで足をのばさなければならないと思った。

そのとき、板の間から源三の悲鳴が聞こえてきた。

「ち、ちくしょう、なんとかしてくれ」

四

「やっぱり助けに行こう」

蝙蝠安こと安蔵は、日向村の南を流れる渋田川《しぶたがわ》の近くまで来て立ち止まった。すでにあたりは濃い闇につつまれている。満天の星がなければ、真っ暗闇で手探りで歩くしかない場所だった。

「それじゃ引き返すのか？」

次郎《じろう》という男だった。その隣には安蔵が一番頼りにしている、牧野新五郎《まきのしんごろう》という用心棒がいた。

「源三は生きていた。あいつだけでも助けよう。それに八州の野郎は一人だった」

「あの百姓の家に仲間がいるんじゃゃ……」

次郎は気乗りしない顔だ。

「いたってかまうもんか。源三を見捨てるわけにゃいかねえ」

「安蔵、気持ちはわかるが、源三は怪我をしている。怪我人を連れて逃げるのは厄介だ。助けたとしても、今度はどこへ行く？」

「ひとまず七沢《ななさわ》で湯治客《とうじきやく》になりすまそう。歩いているうちに思いついたんだ。あそこなら人も少ないだろうし、他の八州が追ってきても、しばらくはほとぼりを冷ますことができる」

七沢（現・厚木市）は日向村の北方にある温泉場だった。

「源三は安蔵の弟分だからな」

新五郎だった。

「それじゃ、新五郎さんも助けにいくと……」

乗り気でない次郎が新五郎を見た。

「八州に仲間が四人も殺されたんだ。安蔵としても、このままじゃ気がすまないだろう。おれも戻って八州を始末し、源三を助けたほうがいいと思う」

「次郎、新五郎さんがそういってるんだ。戻ろうじゃねえか」

「しゃあねえな。ああ、わかったよ」

次郎が折れたので、安蔵は来た道を引き返すことにした。

浪人奉行と恐れられている八州廻りを見つけたのは、その日の昼過ぎだった。安蔵はすぐには手を出さず、様子を見ていたのだが、途中で見失ってしまい、仲間の待つ場所に戻ったのだが、そのときはすでに遅かった。

八州廻りが大八車に仲間の屍体を乗せるのを、指をくわえて見ているしかなかった。もちろん、安蔵はいきり立っていたのだが、次郎と新五郎に止められたのだった。

近くに八州廻りの仲間がいるかもしれないと、二人は警戒したのだ。もし、そうであれば、自分たちも同じ目にあいかねない。

安蔵は迷ったが、追い詰められた弱みで、強硬手段に出ることができなかった。その辺は安蔵の用心深さであるのだが、ここ数日いやな胸騒ぎがしてならなかった。急にツキが落ちたような気がしていた。

単なる思い過ごしかもしれないが、安蔵は〝勘〟を大事にしてきた。その勘を信じることで、何度も危難を逃れてきた。だから、二人のいうことにしぶしぶ折れたのだった。

三人は夜道を歩きつづけた。小半刻《こはんとき》ほどで日向川の土手道に出た。

「どうする？　八州のいる家はすぐその先だ」

次郎が安蔵に並んで聞いた。

「もうあれからずいぶんたつ。八州の仲間が集まっているかもしれぬ」

新五郎が言葉を添えた。安蔵も同じことを考えていた。

「明日の朝まで様子を見よう。朝になりゃなにかわかるはずだ」

安蔵はあたりに目を配った。星明かりに数軒の民家が見えた。

「朝までどうする？」

次郎が聞く。腹も減ったといい、

「野宿はごめんだぜ」

と、言葉を足した。

「おめえは、なにかとうるせえことをいいやがる。ガキのころからその性分は変わっちゃいねえな」

「そりゃお互いさまだ」

「おれだって野宿はごめんだ。懐にはまだ余分の金がある。野宿みてえな、ケチなことはできねえ」

「まさか宿に泊まるというのではないだろうな。宿には手配がまわっていると考えたほうがいい」

新五郎のいうとおりだった。村には大山講中をあてこんだ旅人宿《たびにんやど》がある。だが、宿に入るのは危険すぎた。安蔵はどうせ一晩だけだと思い、近くの百姓家を襲うことにした。

「あの家はどうだ」

雑木林の脇に一軒の家があった。津久井道《つくいみち》からそれた二町ほど先だ。

「いいだろう」

応じた次郎が先に歩きだした。

津久井道は、昼間は大山講中の姿が目立ったが、いまは誰も歩いていない。星影が埃っぽい道を白く浮かびあがらせていた。

「こんばんは」

戸口の前で、次郎が声色を変えて家の中に呼びかけた。

「誰だい？」

「ごめんなすって。旅の者なんですが、ちょいと道に迷ったんで教えてもらいたいんです」

「講中の人ですか」

「さいです」

家の中でいくつかの物音がして、この時分は道に迷う人が多くってねと、いいながら主らしき男が戸口の向こうに立つ気配があった。

「ちょいとお待ちくださいさい」

なにも疑いもせずに、心張り棒を外す音がして、ガタピシと戸が音を立てて開いた。やはり家の主のようだった。

瞬間、安蔵が主の襟をつかんで引き寄せ、口をふさいだ。

「声を出すんじゃねえ。おとなしくしてりゃなにもしねえ」

主はギョッと目を剝いて、ふるえあがった。奥の板の間にいた女房と娘が、突然のことに地蔵のように固まっていた。

「おめえら、そこを動くな。少しでも動いたら命はないと思え」

次郎が腰の刀を抜いて、二人の女に脅しをかけた。

「新五郎さん、戸締まりだ。おい、親爺、おとなしくいうことを聞くんだ」

安蔵に捕まっている家の主は、したがいますというように、うなずいた。それを見て、安蔵は首にまわしていた腕を外して、主を解放してやった。

「一晩世話になるだけだ。変な気さえ起こさなけりゃ、おれたちゃ明日の朝おとなしく出てゆく。わかったな」

安蔵は家の者たちに、いい聞かせるようにいった。

「なんでもしますから、乱暴だけはやめてください」

女房が泣きそうな顔で両手を合わせて拝《おが》んだ。

「なにか食いもんを作れ。それから酒があればもらおう」

「は、はい。いますぐに……」

野良着を着た女房が台所に立った。

そのとき、安蔵は娘の視線に気づいた。そちらを見ると、膝許《ひざもと》に一枚の紙が置かれていた。それに気づいた娘の顔が恐怖に張りついた。

「なんだ、それは」

安蔵は近づいてその紙を拾いあげた。自分の人相書きだった。

「くそ、ここまで手配りされているとは……」

五

「寅さん、起きてください。寅さん……」

声をかけられ、体を揺すられて、寅吉はやっと目を覚ました。だが、くたくたですぐに起きあがる気がしなかった。

「もう朝ですよ」

そういうのは、春斎が藤沢宿で雇った番太《ばんた》だった。名を勘助《かんすけ》といい、昔は地廻《じまわ》りの元気者だった。

「まだ暗いじゃねえか」

「起こせといったのは寅さんじゃないですか。あっしだって眠いんです。さあ、起きてください」

寅吉はさかんに体を揺すられるものだから、ようやく半身を起こした。窓を開けて外を見るが、まだ夜明けまでには半刻《はんとき》はありそうだった。

「何刻《なんどき》だ?」

「さっき、七つ(午前四時)の鐘が鳴ったばかりです」

「よくおまえは起きられたな。感心するよ。ふぁあー」

寅吉は大きなあくびをして厠《かわや》に向かった。

昨日遅く、伊勢原に入ったのだが、春斎のいいつけどおりに問屋場《といやば》を訪ねると、言付《ことづ》けがあった。急ぎ日向村の村役・作兵衛宅に来いということだった。

それを見たとたん、寅吉はぴんと来た。春斎が蝙蝠安を見つけたと思ったのだ。心は逸《はや》ったが、なにしろ矢倉沢の関所から歩きづめで、へとへとだったし、すでに夜も更けていた。夜道は危ないので、しかたなく一泊することにしたのだ。しかし、急ぎたいので、番太の勘助に明日は早く出立《しゅったつ》すると告げていた。

番太とは、八州廻りが廻村《かいそん》先でつける助っ人である。これは村雇いの者で、村役人の指図を受けなければならないが、八州廻りが出張してくるとその手先となって下働きを請け負った。この番太とは別に、道案内と呼ばれる者もいる。いずれも八州廻りの手先となって犯罪捜査にあたる者たちだ。そのために、朱房のついた長十手を預けられている。

「日向村までどれくらいかかる？」

寅吉は客間に戻って支度にかかった。

「手代の話だと、二里ほどだといいやす」

出立の準備を終えた勘助は、脚絆を穿《は》き終えて手甲をつけている。

「二里だと、六つ（午前六時）ごろには着けるな。よし、急ごう」

表は朝靄に包まれていた。蟬の声も鳥たちの声もまだ少ない。それでも東雲《しののめ》はうっすらと夜明けの色をにじませていた。

寅吉は股引《ももひき》に小袖を短く端折《はしょ》っている。あとは手甲脚絆というなりだ。勘助も同じような恰好《かっこう》であるが、寅吉は十文字槍を持っている。じつは京で宝蔵院《ほうぞういん》流《りゅう》を身につけているのだ。ただし、槍の長さは普通より短い七尺である。

これは小柄な寅吉が自分に合わせて、特別にこしらえたのだった。勘助は朱房の長十手のみが武器である。

二人は先を急ぐように黙々と往還を進んだ。互いのことは矢倉沢の関所までを往復する間に話しているので、気心が知れていた。

（それにしても、まさかおれも……）

寅吉は歩きながら明けやらぬ空を見て思う。

それは自分の半生だった。槍術に目覚め、強くなりたいと京に上ったはいいが、厳しい修行を積んでもなかなか腕はあがらなかった。もっとも江戸を離れるときよりは、はるかに上達したはずだが、世の中には上には上がいると、苦い挫折を味わった。

そんなおり、五条大橋の団子茶屋のお龍《りゅう》と知り合った。失意のどん底にいた寅吉を、お龍は慰めそして励ましてくれた。そんなことがきっかけで、お龍と親しい仲になったのだが、彼女には心に留めた人がいた。

それが、小室春斎だった。春斎に会いに行きたいというお龍とともに、寅吉は江戸に戻ってきた。そして初めて春斎という人間に会い、その懐の深い人間性に魅了された。

（お龍さんが惚れる男だけある）

と、心底思ったものである。

また、男が男に惚れるとは、こういうことかと気づかされもした。さらに、春斎は自分を小者として取り立ててくれた。

将来への展望をなくしていたときだけに、思いもよらぬ幸運だった。しかし、春斎の役目は厳しかった。寅吉はそれまで八州廻りがどんなことをするのか、その詳しいことを知らなかった。

関東取締出役、俗にいう八州廻りの本務は、治安の統制である。天明《てんめい》の飢饉以来、全国的に犯罪が増えていた。不況不作のあおりで、食うに食えなくなった農民や浪人が、盗みや辻斬り、火付け、拐《かどわ》かしなどの血腥《ちなまぐさ》い事件を起こすようになったのだ。

江戸市中は町奉行所や火付盗賊改《ひつけとうぞくあらため》などの組織で、犯罪の取り締まりを強化しているが、それでも手が足りないといった状況である。

さらに、江戸で犯罪を犯した者たちは、江戸近郊の天領（幕府領）や私領（大名・旗本領）、あるいは寺社領などに入り込んで追及の手を逃れるようになった。

これら在の知行地（領分）は、租税徴収をするのが手いっぱいで、在の役人たちは警察権を機能させる余裕がなく、犯罪者は大手を振ってのさばっているのが実情だった。

八州廻りは、その対策に設けられた組織だった。

ただし、取り締まり地域は限定されている。相模《さがみ》・武蔵《むさし》・安房《あわ》・上総《かずさ》・下総《しもうさ》・常陸《ひたち》・上野《こうずけ》・下野《しもつけ》の関東八ヵ国である。

「ようやく夜が明けますよ」

勘助が東の空を見ていった。きれいな朝焼けの空が広がろうとしているところだった。朝靄も少しずつ晴れて、蟬や鳥たちの声も高くなり、田圃《たんぼ》からは蛙の声がわきはじめていた。

「小室の旦那は、どうしてますかね。ひょっとしたら、やつらを捕まえているんじゃないでしょうか」

「そうであればいいが。さあ、どうだろう」

寅吉は竹筒に口をつけて応じたが、そうであってほしいと願っていた。

「勘助、おまえさん、小室の旦那とは長いのか？」

「長いっていえば長いし、短いっていえば短いというしかありません。なんせ、八州廻りの旦那たちは、忘れたころに代わりばんこにやってきます。指図を受けるのは小室の旦那だけじゃありませんからね。でも……」

「でも、なんだ？」

「へえ。あっしを立ち直らせてくれたのは小室の旦那なんです。昔はあっしはぐれておりましてね、ずいぶん悪いこともやりました。もっとも人を殺したことはありませんが、村や宿場の者にずいぶん迷惑をかけました。どうしようもないゴロツキだったんです」

「そんな面《つら》してるよ」

寅吉は勘助の顔を見てにやっと笑った。下駄《げた》を踏んづけたような面相《めんそう》なのだ。

「寅さんも口がわりいや」

「それでどうやって立ち直ったってんだ」

「旅籠《はたご》の手代に因縁をつけて、金を巻きあげようとしていたんですが、そこに旦那が出てきましてね。そんな元気があるんなら、もっと他のことに力を使え、弱い者いじめをして楽しむより、自分より強い悪党を相手にしてみたらどうだ。どうせ、そんな度胸はないだろうと小馬鹿にされたんです。そんなことといわれて頭に来たんです。だったらおれより強い悪党を連れてきやがれって、あっしは息巻いたんです」

「ふむ」

「すると、旦那はこういいました。よし、それならおれが紹介してやるからついてこいってね。あっしはついていきましたよ。ところが、その悪党は本物も本物の悪党です。面見ただけでぶるっちまいました。ところが、旦那は涼しい顔でそいつらとわたりあい、五人の仲間ともどもあっさりねじ伏せちまったんです」

「なるほど」

「その悪党は金と女目当ての人殺しだったんですが、あっしはその旦那のはたらきぶりに惚れたのはもちろん、男っぷりのよさにまいっちまったんです。余計なことは一切口にしない。相手のことを深く考えて、思いやる。腕っ節が強いのにやさしいんです。ああ、世の中にゃこんな人間がいたんだと思いました。それまであっしが付き合ってきたのは、けちくさくて、人の隙を見てはなにかをかすめ取ってやろうとする人間ばかりでした。旦那は説教くさいことはいいませんでしたが、あっしにこういったんです」

「なんと……」

寅吉は勘助をまじまじと見た。

「勘助、まっとうな生き方をしようじゃねえか。そっちのほうがおもしろいぜっ て……。やさしく人を包み込むような笑みを頰に浮かべてね。こっぴどく怒鳴られると思っていたんで、なおさら旦那という人間に惚れちまったんです」

「まあ、おまえのいわんとすることはわかる。おれもあの旦那が好きなんだよ。気っ風もいいしな」

「たしかに……」

寅吉は大きな団栗《どんぐり》眼《まなこ》を細めて、東の空を見ると、先を急ごうと足を速めた。

六

井戸端で水を使った春斎は、あたりに注意深い目を向けてから、深緑におおわれた大山を仰ぎ見た。瑞々《みずみず》しい木々の葉は朝日に照らされてまぶしいほどだ。山の上にじっと動かない雲が浮かんでいた。

昨夜考えたことがあった。寅吉と勘助のことである。二人を矢倉沢の関所まで行かせている。それは蝙蝠安が、関所を越えて逃げたのではないかと考えたからだった。だが、関所にはすでに人相書きの手配をしてある。

めったなことでは関所を通ることはできない。追尾の手を逃れるには、関所破りをするしかない。

（そうしたのか……）

と、考えた。

小田原藩領である矢倉沢には一度しか行ったことがないが、同地は矢倉岳、足柄峠《がらとうげ》、金時山《きんときやま》などに囲まれている。矢倉沢往還は狩川《かのかわ》沿いに延び、駿州《すんしゅう》東部の小山《おやま》に至る。

矢倉沢は裏箱根とも呼ばれ、箱根の脇関所のひとつで、警備は厳重だ。

もし、蝙蝠安が関所破りをして逃げたなら、今回の役目はこれで断念するしかない。八州廻りの守備範囲はあくまでも関東八ヵ国とかぎられている。

寅吉と勘助のことも気になっている。もし、途中で蝙蝠安に出くわして斬り結んだりしていれば、怪我をしているかもしれない。

いや、怪我だけですんでいればいいが……。

春斎は最悪のことを考えそうになって、それを否定するように頭を振った。蝙蝠安の仲間は、この近くにひそんでいた。すると、蝙蝠安も近くにいると考えていいはずだ。

だが、悪党のやることは予想がつかない。蝙蝠安は仲間を囮《おとり》にして、すでに遠くに逃げたのかもしれない。あれこれ推量するが、結論は出ない。

（とにかく源三の取調べが先だ）

春斎は井戸端を離れて、作兵衛の家に戻った。

「八州さま、朝餉《あさげ》の支度ができましたので先に召し上がってください」

土間に入ったところで、おかるという作兵衛の娘が告げた。先に訊問をはじめようと思っていたが、それはあとまわしにすることにした。

湯気の立つ味噌汁には、山菜がふんだんに入れてあった。

「山椒《さんしょう》をかけると、もっとうまいです」

世話をする女房のおしげがいうので、そうすると味噌汁の味が引き立った。山椒はこの辺の特産らしい。

「八州さま、あっしは飯を食ったら早速村の様子を見てきます。なにかあるといけませんからね。それに屍体の始末の段取りもつけなきゃなりません」

春斎と朝餉の膳に向かっている作兵衛が、組頭と百姓代の家を廻ってくるという。

「世話をかけるな」

「そんなことは気にしないでください。村が荒らされなくてすんだんですからね。しかし、今日も講中が多いでしょうね。八州さまは大山にお登りになったことは？」

「ない。一度登ってみたいとは思うが……」

「お役目が無事すみましたら、是非一度お登りになるといいでしょう」

作兵衛は聞きもしないのに、この時期は大山山麓の村が一番賑やかになるという。大山登拝は、六月二十七日（新暦・七月二十七日）から七月十七日（新暦・八月十七日）までがもっとも盛んらしい。それもこの期間にかぎって、本殿を祀ってある山頂まで登ることができるからだった。

「参拝もよいのですが、見晴らしがいいんです。てっぺんからの見晴らしだけではありませんよ。山の中ほどにある下社《しもしゃ》の近くの見晴らし台からの眺めもいいです。その近くに二重の滝というのもありまして、涼しくて身が清められる思いがします」

「滝はそこだけじゃありませんよ」

女房のおしげが口を挟んで、山麓にある大滝・新滝・良弁滝《ろうべんのたき》もいいという。

「なにせ水がきれいですからね。講中も滝見を楽しみにしている人が少なくありません。そりゃあ、山からの眺めもいいんですがね」

作兵衛は飯をかき込んで、茶を口にした。

「おりがあったら是非、登ってみたいものだ」

春斎も箸を置いて、茶を飲んだ。

朝餉をすませた春斎は、源三のいる板の間に行って、

「腰の具合はどうだ？」

と、聞いた。

「あんなやぶに診てもらったって治りゃしねえよ。くそ、こんな目にあわせやがって」

源三は鼻っ柱の強いことをいって春斎をにらむ。

「自業自得だ。逆らわなければ、こんな目にはあわなかったのだ」

「ぬかしやがれ。ア、イタタ……」

源三は腰を押さえて顔をしかめた。

「腕のいい医者に診てもらいたかったら、正直に安蔵の居所を教えるんだ。あいつはどこへ行った？」

「そんなの、おれに聞いたってわかりゃしねえよ」

「そうか。……安蔵は一人で動いているのか？」

「知らねえよ」

源三はそっぽを向く。寸胴で短足の体をこごめて、腰を摩《さす》っている。

「正直にいったほうが、おまえの身のためなんだがな。やつはわかっているだけ

でも十一人を殺《あや》めている。盗んだ金は五百両を下らぬ。とんだ悪党だ。そして、おまえもその仲間の一人というわけだ。このままだとおまえの首は胴体から離れることになる」

「…………」

「だが、おまえ次第で、痛めた腰を治し、余生をゆっくり送ることもできる。それはおまえの心がけ次第だ」

この言葉に源三は顔を向けてきた。疑い深い目に、救いを求める色がにじんだ。

「……話したら逃がしてくれるっていうのか」

「そうしてやってもいい。その腰じゃどうせ悪さはできないだろう」

「ほんとうかい」

源三は目を輝かせて、言葉をついだ。

「約束してくれるか」

「おまえが嘘をつかなければな」

春斎は余裕の体《てい》で、茶に口をつけた。

源三は視線を泳がせて迷っていた。おそらくどちらが得か算盤《そろばん》をはじいているのだ。だが、結果はすぐに出たようで、意を決した顔を春斎に向けた。

「逃がしてくれるという約束だぜ」

「話す気になったか」

「約束を守ってくれるな。武士に二言はねえはずだ」

「わかった。約束しよう。だが、おれの聞くことに正直に答えると約束をしてもらう」

「約束する」

「男に二言はないからな」

「わかった、わかってるよ。さっさとなんでも聞いてくれ」

七

安蔵たちは昨夜押し入った留造《とめぞう》という百姓の家を出ると、春斎が宿にしている百姓家を見張っていた。

留造の話で作兵衛という村名主の家だとわかっている。村名主といっても、持ち廻りの村役人にすぎない。だが、そこには浪人奉行と恐れられている八州廻りがいる。

「さっき出ていったのが、村役の作兵衛だろう」

次郎が畑道の遠くを見てからいった。

「これで一人は減ったことになる。作兵衛は娘と倅《せがれ》、そして女房の四人住まいだ。下男《しもおとこ》が通ってくるらしいが、そいつの姿はない」

「新五郎さん、そんなこたァどうだっていいんだよ。八州廻りは道案内とか番太とか、そしててめえの手下の小者を連れ歩いてんだ。そいつらがいりゃ、数で負ける。そっちを知るのが肝心じゃねえですか」

安蔵はいらついた顔で新五郎に苦言を呈した。

「もっともなことだが、どうやって調べる。さっきからここで見張ってるだけではないか」

「乗り込むかどうかは様子を見てからですよ。乗り込んだはいいが、八州の仲間が十人もいたってんじゃ目もあてられないでしょう」

(二本差のくせしやがって馬鹿か)

と、安蔵は腹の内で毒づいた。

「さっき出ていった作兵衛をふん捕まえて聞きゃよかったな」

次郎がいう。安蔵もそのことを考えていたし、いまになってなぜそうしなかったかと、後悔していた。

三人は作兵衛の家を見通すことのできる雑木林の中にいた。藪蚊《やぶか》が多くて、さっきから刺されっぱなしである。

「安蔵、作兵衛がもし留造の家に行ったら、おれたちのことがばれることになるぜ」

新五郎はそういうが、留造とその家族は猿轡《さるぐつわ》を嚙ませて縛りつけてある。それも納屋の中に放り込んでいるから、すぐに発見される恐れはない。そう高をくくっている安蔵だが、新五郎はさらにつづける。

「もし作兵衛が、他の村の者たちを連れて帰ってきたらどうする。ますます、おれたちは手を出せないことになる」

そういわれると、そうである。安蔵はにわかに焦りを覚えた。

「こんな七面倒くさいことを……。だからおれは放っておけといったんだ。ちくしょ、また蚊に刺された」

次郎がいらだちの声を漏らして、腕をぺしりとたたいた。

そのとき、往還の遠くから六、七人の白衣を着た講中が近づいてきた。腰に下げている鈴の音が徐々に高くなってくる。

「こんな朝っぱらから山登りとはご苦労なこった。まったくなにが大山参りだ。山の上に金でもうなっているっていうんならわからねえでもねえが……」

次郎は何気なくいったのだろうが、安蔵は「そうか」と思って大山を見あげた。このへんは盗人《ぬすっと》である。

大山に参拝する者たちは賽銭《さいせん》をあげ、札《ふだ》をもらい護摩《ごま》を焚《た》いてもらう代わりに喜捨《きしゃ》をする。

その金額は想像できないが、少なくないはずだ。おそらく百両二百両という少ない高ではないだろう。そのことを口にすると、次郎も新五郎も目の色を変えて大山を見あげた。

しばらくすると、七人の講中が目の前の往還を通り過ぎていった。

「安蔵、どうする。いつまでこんな藪蚊の巣みてえなとこにいるんだ。あの家に源三がいるのはわかってんだ。さっさと乗り込んじまって、八州を片付けてずらかろうじゃねえか。そのあとで、大山に登って一稼ぎするって手もあるんだ」

「そうだ、次郎のいうとおりだ」

新五郎が同意する。

「勇み足を踏んでしくじりたくはねえんだ」

「それじゃいつまでいるってんだ。作兵衛が人を呼んできたら、八州の味方がそれだけ増えるってことじゃねえか」

次郎は思い切りのよい男だが、気が短くて物事をあまり深く考えない。そのために危険な目にあったことは一度や二度ではなかった。だから安蔵は、次郎の話にはすぐには乗らないで、またもや少し考えた。考えたが焦りはあるし、迷ってもいた。

「どうする、安蔵」

新五郎も急《せ》かす。そのことで安蔵も肚《はら》を決めた。

「よし、わかった。乗り込もう」

安蔵は長脇差を抜いて立ちあがった。大山に向かった講中の姿はもうどこにも見えなかった。

「新五郎さん、あんたは八州を頼む。おれは他のやつを相手にして、源三を救い出す。次郎、おまえも八州以外のやつを相手にするんだ」

「わかった。行こうぜ」

三人は雑木林を抜けて、往還に出た。畑をまわり込むように細い道が、作兵衛の家までつづいている。

縁側に若い女が出てきて、すぐに引っ込むのが見えた。

三人は仲間の屍体を載せた大八車を置いてある家の前庭に足を入れると、互いに目を見交わして戸口にまっすぐ進んでいった。

第二章　大山道《おおやまみち》

一

それは春斎が源三から肝心なことを聞いているときだった。

洗い物を入れた笊《ざる》を抱えた作兵衛の娘・おかるが、井戸端に行くために、戸口を出ようとしたとたん、キャーと尋常ならざる悲鳴をあげて、抱え持った笊を落として台所に逃げ戻ったのだ。

春斎がさっとそちらを見ると、茶碗や丼《どんぶり》の割れる音とともに、三人の男たちが土間に躍《おど》り込んできた。それぞれに抜き身の刀を持っていて、素早く屋内に目を走らせるなり春斎と目をあわせた。

「なんだ、八州野郎一人じゃねえか」

色白で細身の男が声を漏らした。酷薄そうなうすい唇に、剃刀《かみそり》のように細くて鋭い目をしていた。

そして、春斎はすぐに隣にいる安蔵に気づいた。四角い顔に団子鼻と小さな目は、何度も人相書きと人の話から聞いた顔だった。もう一人は浪人の風体《ふうてい》である。

「ほう、これは探す手間が省けた。わざわざそっちから乗り込んでくるとは感心だ」

春斎は差料《さしりよう》をつかんで三人をにらみ据えた。

「源三、こいつ一人なんだな」

安蔵がたしかめる。

「一人だ。兄貴、やっちまえ。この野郎は仲間を殺しやがった」

それまで従順だった源三が、掌《てのひら》を返した。

「仕返しに来たのか、それとも源三を取り返しにでも来たか」

春斎はゆっくり立ちあがった。

「両方だ。覚悟しやがれ！」

色白の男が板の間に躍り込んできた。鋭く刀を横に振り、かわされたと見るや、すかさず突きを送り込んできた。

春斎は余裕の体《てい》で、背後に下がると、庭に飛びおりた。男が縁側から跳躍して大上段から唐竹割《からたけわ》りの一撃を見舞ってきた。

春斎は刀の棟《むね》を使ってその斬撃《ざんげき》をはねあげると、相手の脛《すね》を狙って刀を横に振った。刃風は鋭い音を立てたが、空を切っただけだった。男は思いのほか敏捷《びんしょう》である。

その間に、浪人風体の者が庭に現われ、右八相から袈裟懸けに刀を振ってきた。春斎は斜め右に体をそらしてかわすなり、相手の肩を狙って刀を振った。だが、わずかに間合いが外《はず》れてしまった。

「む……」

相手は意外に手強《てごわ》い。春斎は一度下がって呼吸を整えた。構えは青眼。

「次郎、油断するな」

浪人風体の男が注意を促す。

「新五郎さん、心配には及ばねえさ。こっちは二人だ」

次郎と呼ばれた男がにやりと、口の端《はし》に笑みを浮かべた。新五郎が春斎の右にゆっくりまわり込んでいる。

家の中で源三と安蔵が、大声でやり取りをしているが、それはほとんど怒声に近くてよく聞き取れなかった。それよりも春斎は、目の前の二人の敵を倒すのが先決だった。

右にまわり込んでいた新五郎が、右足を飛ばしながら上段から攻撃を仕掛けてきた。春斎はその凶刃をくぐり抜けるように、右足を軸にして反転してかわすなり、隙をついて撃ち込んでこようとしていた次郎の脇腹に一刀を見舞った。

ドスッと鈍い音がした。肉を斬ったのではなく、次郎の帯を切っただけだった。それでも次郎を威嚇するには充分な効果があったらしく、驚いたように細い目を瞠って数間下がった。

春斎はそれにはかまわず、新五郎に先制攻撃をかけた。右面を狙うと見せかけ、小手を撃ちにいったのだが、うまくかわされた。

ススッと、新五郎が間合いを外して下がった。肩を上下させ、息を乱している。

春斎は臍下《せいか》に力を込めながら、すうっと、相手に気取られないように息を吐く。刀の柄をやわらかく持ちなおして、すり足で間合いを詰める。

新五郎はいやがって下がる。朝日を受けた顔に汗の粒が浮かび、乱れた髷《まげ》が風にそよいでいた。

春斎は一気に間合いを詰めると、胴を抜きにいった。だが、新五郎は左にまわって逃げる。逃がしてはならじと追い打ちをかけるが、さらに新五郎は下がって逃げた。

「はッ」

春斎は短く息を吐いて、乱れそうになる呼吸を整えた。そのとき、安蔵が庭に駆け込んできた。

「源三の野郎、まともに歩けねぇ体になってやがる。助けてえのはやまやまだが、やつはもう使いもんにならねえ」

「だからいったじゃねえか」

次郎が安蔵に不平をぶつけた。

そのとき、往還のほうから声がかかった。

「旦那！」

それは寅吉の声だった。

目の前の三人が一瞬そちらを見た。

「ちくしょう、仲間が来やがった」

次郎が吐き捨てた。

春斎はもっとも近くにいる新五郎に隙を見た。地を蹴って刀を右肩にあずける恰好で、渾身の一撃を見舞った。

ガチッと、鋼《はがね》の打ち合う音がして、かろうじて春斎の一撃をかわした新五郎が下がった。そのとき、春斎の左肩に熱く迸《ほとばし》るような痛みが走った。

はっとなって見ると、三寸ほどの手裏剣のような手製の小刀が刺さっていた。

春斎は思わず片膝をついて、その小刀を引き抜いた。投げたのは次郎だった。

「逃げるんだ」

安蔵が次郎と新五郎に声をかけて、家の裏に駆けていった。春斎は数間追いかけたが、左肩の痛みに顔をしかめて、またもや片膝をついた。

その間に、安蔵たちは裏の雑木林の中に入って、姿を消してしまった。

「旦那、大丈夫ですか？」

駆けつけてきた寅吉が心配そうな顔を向けてきた。

「たいしたことはない。それより、蝙蝠安が裏に逃げた。追うんだ」

「勘助、こっちだ」

寅吉が勘助を促して、安蔵たちを追いかけていった。

二

春斎は怪我をした左肩の血止めをして、手拭いで肩口をきつく縛った。さいわい傷は浅かったが、出血が多かった。みずから傷の手当てをしていると、寅吉と勘助が戻ってきた。

「逃げられたか……」

「どこに行きやがったのか、見あたりません。旦那、傷は……」

寅吉が心配そうな顔で見てくる。

「心配はいらぬ。それより、蝙蝠安のことが大まかにわかってきた」

「どういうことで……」

「やつの仲間を一人生け捕りにしている。源三という男で、安蔵の弟分だ。そやつから話を聞いているときに、やつらがやってきたのだ。おそらく源三を救いに来たのだろうが……」

「あいつらのことはどうするんで……」

勘助が安蔵たちの逃げた方角を見て聞いた。

「追っても探すのはむずかしいだろう。しばらく様子を見るしかない。それより源三から話を聞くのが先だ」

春斎は家の中に戻ったが、おかると弟の大吉《だいきち》が母親のおしげに寄り添うようにして、土間奥に立っていた。三人ともおびえ顔である。

「騒がせてすまなかった。だが、賊は逃げた。もはや戻ってくることはないだろう」

春斎が安心させるようなことをいっても、三人は怖気立《おぞけだ》った顔をしていた。

「どうした？」

気になって訊ねると、おしげがゆっくり手をあげて、板の間の奥を指さした。そちらを見た瞬間、春斎はハッとなった。源三がぐったりとなっていたのだ。

「さっきの男が殺したんです」

おしげが声をふるわせながらいった。

春斎はすぐに源三のそばに行ったが、すでに息はなかった。首を深く斬られており、大量の血が広がっていた。

「やつは仲間を救いに来たのではなく、殺しに来たのか……」

春斎は膝に置いた拳をにぎりしめ、下唇を強く嚙んだ。それからゆっくりと寅吉と勘助を振り返った。

「もう少しで金の隠し場所を聞きだせるところだったのだが……。寅、勘助、屍体を片づけてくれ」

指図をした春斎は、おしげと二人の子供のところに行き、

「いやなものを見せてしまったな。申しわけない。大吉、おかる、怖かっただろう」

そういって二人の頭を、やさしくなでてやった。

小半刻ほどして作兵衛が帰ってきた。安蔵たちに襲われたことを話すと、作兵衛は顔をこわばらせた。

「それじゃ賊はまだこの村にいるんでしょうか？」

「おそらく遠くに逃げたはずだ。どこへ行ったかはわからぬが……」

「触《ふ》れをまわすようにしてきたのですが」

「ご苦労だった」

「まったく、物騒なことで……それで八州さまはこれからどうなさるのです」

「うむ、賊を追わなければならぬが、手がかりがない。蝙蝠安のことはしばらく放っておくしかなかろう。おれたちは蓑毛へ行く」

「蓑毛……」

作兵衛が首をかしげた。

「おぬしも申したではないか、御師同士の諍《いさか》いがあると……」

「はあ、たしかにそれは聞いておりますが、はっきりしたことはわかりませんので」

「とにかく世話になった。それに迷惑をかけてしまった」

春斎はおしげと二人の子供に軽く目礼をした。

作兵衛の家を出たのはそれからすぐのことだった。

愛甲村《あいこうむら》から矢倉沢往還に戻り、坪ノ内《つぼのうち》・善波《ぜんば》と過ぎ、曾屋《そや》の東から大山道に入った。途中で何度も大山講中と出会った。

江戸から来た者もいるだろうが、遠く上総や常陸、あるいは駿河からの講中もあると、途中の茶店の亭主が教えてくれた。

とにかく夏季の大山詣《まい》りは盛んである。また、参詣客《さんけいきやく》の大半は、富士詣でを兼ねているという。

春斎は大山道に入ってから一休みした。茶店の前には、下流で金目川《かなめがわ》と合流する春嶽川《はるたけがわ》が瀬音を立てながら流れていた。

「旦那、さっきから黙り込んで、なにか機嫌でも悪いんですか……」

寅吉がおそるおそる聞いてきた。

「源三から聞いたことを、よく思いだしていたら気になることがあった」

「気になること……」

「やつはまだ分け前をもらっていないといった。つまり、金はどこかに隠してあるということだ。源三はその在処《ありか》を知っていたのかどうかわからぬが、蝙蝠安はその金を取りに行くはずだ」

「その在処というのは……」

「おれは源三に、正直に話をすれば目こぼしすると約束した。そして、やつはいずれは江戸に戻りたいといった。ひょっとすると……」

春斎は黒い糸とんぼを目で追った。周囲は蟬時雨《せみしぐれ》に包まれていた。

「ひょっとするとなんです？」

寅吉が団栗眼を向けてくる。

「やつらは江戸に金を隠しているのかもしれぬ。やつらが盗んだのは大金だ。手分けして持って逃げる手もあっただろうが、当面入り用の金だけ持って逃げた」

「だけど、その金を盗まれたら大変ですね」

「蝙蝠安は頭のまわる悪党だ。人に盗まれるような不様《ぶざま》なことはしないだろう」

「もし、そうだったら江戸のどこでしょう」

「安蔵もそうだが、いっしょに逃げている次郎という男も、用心棒の牧野新五郎という男も生まれも育ちも江戸だ。追われて逃げてはいるが、いずれは江戸に戻るつもりだろう。そのときのために金を隠している。そう考えていいかもしれぬ」

「それじゃ、やつらは江戸に向かったのかもしれませんよ。仲間を失っていますから、分け前はその分増えることになります。その金を持って、今度は別の在に逃げるつもりでは……」

「とにかくこのまま放っておくわけにはいかぬ。御師の諍いがどんなことなのか調べたら、江戸に向かおう」

春斎は茶を飲み干すと、差料をつかんだ。

三

蓑毛村には大山参詣のための宿坊がいくつかある。大正院《だいしょういん》・密正院《みつしょういん》・長福院《ちょうふくいん》などだ。その数は六ヵ院あるが、いずれも阿夫利神社別当・大山寺《おおやまでら》の配下である。

大山に登る登拝者はそれらの宿坊や、御師の家に泊まるのが常だ。もともとは僧や神職の修験者《しゆげんじや》だった御師は、大山講中を檀家《だんか》同然に扱い、講中に対してさまざまの便宜を図って祈禱料や初穂《はつほ》料《りよう》などをもらって生計を立てている。

つまり御師にとって講中は大事な稼ぎ口であり、ある種の財産でもあった。一人の御師が担当する講中を「霞《かすみ》」といい、霞の分担はそれぞれに決まっていた。

ただし、江戸の者たちは霞には組み込まれていなかった。

蓑毛村から春嶽川沿いに大山に分け入っていくと、御師の集落があった。樅《もみ》の原生林におおわれた大山では、蟬がかまびすしく鳴いている。

「あの家を訪ねてみよう」

少し行ったところで、春斎は一軒の家に足を進めた。このあたりには御師の家しかないというから、話は聞けるはずだった。

その家に近づいたとき、山のほうからドドッと地響きのような音といっしょに、慌ただしい鈴の音が聞こえてきた。

「なんだ？」

勘助がそちらを見る。春斎と寅吉も登山道の奥に目を向けた。

すると、五人の修験者が現われた。白衣に鈴懸《すずかけ》、山袴《やまばかま》、頭に頭巾《ときん》を被り、手甲脚絆というなりだ。鈴の音は彼らの持つ錫杖《しやくじよう》だった。

五人の修験者は春斎らを見ると、警戒する目を向けてきた。

「お手前らは……」

先頭の修験者が問うてきた。講中の人ではないようだがと、春斎らの身なりを品定めするように見てくる。

「関東取締出役、小室春斎と申す。これにいるのはわたしの手先だ」

春斎が名乗ると、修験者らは互いの顔を見合わせた。にわかに安堵の色を見せもする。

「御師の方であろうか？」

「いかにもさようにてござります。しかしながらよいところに見えられました。じつは困っていることがあるのです」

先の修験者はそういって、自分のことを順真《じゆんしん》と名乗った。それにあわせて、他の御師も、道宣《どうせん》・俊教《しゆんきよう》・信道《しんどう》・慈哲《じてつ》と名乗った。遅れて寅吉と勘助が自分の名を口にした。

「困っていると申されたが……」

春斎は順真を眺めた。修験者の身なりをしているが、笈《おい》と呼ばれる背負子《しよいこ》は担《かつ》いでいなかった。座布団代わりになる引敷《ひしき》もつけている者もいれば、つけていない者もいる。

「立ち話もなんです。わたしの家へご案内いたします」

順真はこちらですといって、一方の小道に進んでいった。

春斎と順真は庫裡《くり》で向かい合った。

他の御師と寅吉、勘助は同じ座敷の隅《すみ》に控えた。

「山開きのあとで起きたことですが、講中の方から御師に悪さをされたとか、金子《きんす》を盗まれたという話がありまして、いったい誰の仕業《しわざ》であろうかと調べておりました。ところがその調べに対して、自分を疑うのは失礼千万と、服従しない御師が出てきて、手を焼いておりました」

なるほど、それが話に聞いた御師同士の諍いであったかと、春斎は納得した。

「わたしらの調べを拒むのは二人だけだったのですが、なかなかそれが厄介なことでした。ところが大変なことが起きたのです」

「…………」

春斎はつかんだ湯呑みを膝許に戻して、眉宇《びう》をひそめた。

「今朝のことですが、玄任《げんとう》という若い御師が屍体で見つかったのです」

春斎は眉間にしわを刻んで、順真を見つめる。庭の先にある竹藪がサワサワと風の音を立てていた。

「まだ二十三という若さでした。昨年、玄任の父親が身罷《みまか》り、跡を継いだばかりの熱心な御師だったのですが……」

「死因は？」

「背中を刺されておりました。玄任は妻帯しておらず、年老いた母親と二人暮らしでした。一昨日《おととい》、三人の講中を泊め、昨日山頂の上社《かみしや》へ案内をしたばかりだったのですが……なんとも……」

順真は痛ましそうに顔をしかめて首を振った。玄任を可愛がっていたのだろう。

「下手人のことはわかっていないのですね」

「はっきりしたことはわかっておりません。しかし、玄任の家に出入りしていた男を見たという者がいました。どうやら講中のようで、今朝早く山に入っていったというのです」

「それであとを追われたのですね」

「屍体……」

「さよう。しかし、わかりませんでした。山の中ほどに下社があるのですが、わたしらがそこへ行く前に、上社に登っていった者はいなかったのです。まるで狐につままれたような心持ちで、ひょっとすると身の危険を感じ、わたしどもをやり過ごして、山を下ってしまったのではないかと思い、急ぎ引き返してきたのですが、あやしいと思われる講中には出会いませんで……」

「玄任殿は二人暮らしだったと申されましたが、母御は無事なのですね」

「じつは玄任の屍体を見つけたのが、その母親だったのです」

「盗まれたものは？」

「仏壇の脇に置いてあった手文庫の金が、そっくりなくなっていたそうで」

春斎はしばし宙の一点を凝視して考えた。

「順真殿、その玄任殿の家に案内してもらえませんか」

「それはかまいませんが、行っても無駄になるのでは……」

「いえ、玄任殿の母御から話を聞きたいし、あやしい男を見たといった者にも会ってみたい」

「わかりました。やはりこういったことは、その道の方におまかせしたほうがよいのでしょう」

順真は応じたあとで、仲間の御師に登山口に目を光らせるように指図をした。

四

玄任の母親は、小柄なころっとした体で、愛嬌のある顔をしていた。普段は明るい性格なのだろうが、愛息の死に衝撃を受けているらしく、いまにも泣きそうな顔をしていた。実際、春斎の問いかけにも目を潤《うる》ませて答えた。

「それじゃ起きたときには殺されていたと……」

「いつもなら朝の勤行《ごんぎょう》をやっているはずなのに、なかなか起きてこないので寝所をのぞきに行くと……」

母親は言葉をつづけられず嗚咽《おえつ》を漏らした。春斎は憐憫《れんびん》のこもった眼差《まなざ》しを向け、母親の感情が収まるのを待った。

隣の間に殺された玄任の亡骸《なきがら》が、夜具に寝かされていた。家には線香の煙が漂い、数人の親戚が部屋の隅でうなだれていた。

「夜中に誰か家に入った気配があったと思うのだが、そなたは気づかなかったのだな」

母親の嗚咽が静まったので、春斎は問うた。母親は涙をぬぐいながらうなず

き、

「なにも気づきませんで……昨夜もいつもと変わらず、明日も講中の方が見えるから迎えに行かなければならないと申しておりました」

と、まっすぐ春斎を見てくる。四十半ばというが、清らかな瞳をしていた。

「玄任殿が誰かと揉《も》めていたようなことは……」

「それはありません」

否定したのは、そばに控えている順真だった。

「玄任は素直な男で、わたしらの導きにもよくしたがっておりましたし、他人と問題を起こすような者ではありませんでした」

「講中の方とも親しくさせてもらっていましたし、感謝もされていました」

母親が言葉を添える。

「近所付き合いはどうです？」

「近所といっても、この辺は御師の家ばかりですから、その方たちと接するぐらいです。お酒も呑まないし、人から嫌われるようなこともなかったはずです」

それからもいくつかの問いを重ねたが、玄任は人に恨まれるような男ではなかったようだ。こうなると、下手人は金目当てに侵入して、玄任を殺して金を盗んだと考えるしかない。

あやしい男を見たといったのは、仙造《せんぞう》という隣家の下男だった。

「それはいつのことだ？」

「まだ暗い時分でした。あっしはいつも早いんですが、厠《かわや》から帰るときに、見慣れない男がこの家の裏庭から逃げるように走り去ったんです。そのときはなにも思わなかったんですが、半刻ほどあとでおかみさんの悲鳴がして、それで来てみると、玄任さんが殺されていたんです。それで、順真さまたちが駆けつけてこれて、見たままを話しました」

「その男は一人だったのだな」

「はい」

「顔は覚えているか？」

「まだ暗かったし、後ろ姿しか見ておりませんのでわかりませんが、講中の白衣を着ていました。菅笠《すげがさ》は首にかけてましたが、おかしいと思ったのは、手甲と脚絆が黒かったのと、帯も黒かったということです。このことは順真さまにもお話ししたのですが……」

仙造はそういって順真を見た。

「手甲と脚絆と帯が黒かった」

春斎は鸚鵡返《おおむがえ》しにつぶやいた。

「わたしらはそれを手がかりに探しておりまして、それでさっき下社まで行ってきたのです。その男に似た講中が山に入っていったと聞きましたので……」

順真が言葉を添えた。

「仙造、その男は玄任殿の家を出てどっちへ行った？」

春斎はまっすぐ仙造を見た。

「……山のほうでした」

仙造は少し考える目をしてそう答えた。

そのとき、玄任の家に飛び込んできた者がいた。

「順真さま、大変です！」

息を切らせてやってきたのは、道宣という御師だった。

「なんだ」

「慈恵《じけい》さまが、慈恵さまが殺されていました」

伝えに来た道宣は悲痛な顔で唇を噛んだ。

「慈恵さまが……」

順真は顔色をなくしてつぶやいた。

「慈恵さまだけではありません。家の者がことごとく……」

「その家はどこにあります？」

春斎は順真と道宣を交互に見た。

「ご案内します。同じ男の仕業かもしれません」

順真が立ちあがったので、春斎も差料をつかんであとを追った。寅吉と勘助もついてくる。

慈恵の家は、春嶽川にわたされた小橋の向こうにあった。その家に着くまで、順真は慈恵がどんな御師であるかを話してくれた。御師の集落の長老で、指導者的立場だという。家族五人と住んでいるが、講中の世話をやめ、いまは隠棲《いんせい》中だったらしい。

慈恵の家は悲惨な状況だった。唐紙《からかみ》や障子に血飛沫《ちしぶき》が散り、畳は血に染まっていた。慈恵は戸口のそばで、他の家族はふたつの座敷で斬り殺されていた。

家には他の御師も集まっており、むごたらしい惨状に目をおおっていた。

「いったいなぜ、こんなことに……」

そういってしゃがみ込んで泣く御師もいた。

「生きてます。佐久《さく》さまにはまだ息があります」

道宣が老婆を抱えるようにして、みんなを振り返った。それは、慈恵の妻であった。

「佐久さま、しっかりしてください。しっかり……」

道宣が悲痛な声で呼びかける。励まされる佐久は、虫の息だった。それでもうっすらと目を開けて、そばにいる者たちを眺めた。

肩から胸にかけて斬られており、出血がひどい。道宣が血に汚れるのもかまわずに、必死に血止めの手当てをするが、もう無駄だと春斎にはわかっていた。それでも、呼びかけるように話しかけた。

「佐久殿、わたしは八州廻りの小室春斎と申す。賊のことを覚えているか？」

佐久はか弱くうなずき、

「ふ、二人……刀で、脅されて……お金を……」

「その者たちはどこへ行った？」

佐久はわからないと首を振る。

「手甲脚絆と帯が黒くなかったか？」

佐久は苦しそうにつばを呑み込んで、

「恐ろしいことを、罰当たりなことを……」

と、恨み言をつぶやく。

「どうなのだ。手甲と脚絆だ」

「く、黒で、した。……これから大山詣りに行くとか……そんなことを……」

佐久はそこまでいうと、がっくり首を落として事切れた。

「佐久さま！　佐久さまー！　佐久さま……ううッ……ううッ……」

道宣がひっしと佐久を抱きしめて嗚咽した。

「順真殿、賊は山に向かったようです。しかもまだここから逃げて、そうたってはいない」

春斎が順真を見ると、

「ひょっとすると、子安《こやす》から大山に登るつもりかもしれない。蓑毛道にその者たちが現われていれば、知らせが入るはずですが、それがありません」

と、順真は表情をなくしていた。

「子安とは？」

「ここから東へ、山間の道を進んでいった宿場です。大山道の道筋にあたります。そちらにも御師の家があります」

春斎は目を光らせて、天井の隅を凝視した。

佐久は狼藉《ろうぜき》をはたらいた賊が、「大山詣りに行く」といった言葉を聞いている。それは、賊が去り際につぶやいたのだろう。そして、順真がいうように、賊は蓑毛を避けて、別の経路で大山に向かおうとしていると考えられる。

「順真殿、子安宿まで案内《あない》願えますか」

「いわれるまでもなく」

五

順真は狭隘《きょうあい》な山道を身軽に歩いてゆく。岩場や切り立った崖の下を通る。道は細く、そして凹凸《おうとつ》が激しい。

それでも、御師という仕事柄なのか、山道に慣れているらしく、錫杖の音をさせながら、ひょいひょいと岩場を抜けたりする。

順真は御師の中でも強靱《きょうじん》な体力の持ち主かもしれない。胸板も厚く、足腰もしっかりしている。

あとにしたがう春斎も、多少荒れた道など苦にしないが、この道は険《けわ》しかった。そのために寅吉と勘助が遅くなる。

春斎は先を急ぐ順真を何度か呼び止め、寅吉と勘助を待たなければならなかった。

直線距離なら一里半ほどだろうが、険阻《けんそ》な山道はうねりながら上り下りを繰り返すので、その倍はあるはずだ。

渓流沿いの道に出たところで一休みした。

「あとどれほどあります？」

春斎は滝のような汗をかいていた。手ぬぐいで汗を拭きながら、順真に訊ねた。

「まだ、半分までしか来ていないでしょう。ですが、これからはわりと下りが多くなります。この川も下のほうで、大山川にぶつかります」

「あと半分か……」

寅吉が、ふうと、ため息をつきながら、それにしても順真さんは身軽ですねと感心する。

「笈を担いでおりませんので、その分楽なだけです」

順真は腰に下げている貝緒《かいお》を整えながらいう。貝緒は急峻《きゅうしゅん》な崖を登るときなどに、綱の役目をする。二本一組になっており、両端には房がついていた。

「それじゃ、そろそろまいりましょうか……」

順真が先に立って歩きはじめた。春斎らは遅れまいとあとにしたがう。

「とんだ寄り道になりましたね」

寅吉がぼやくようにいう。春斎は黙っていたが、たしかに思わぬ道草だった。だからといって放っておくわけにはいかない。蝙蝠の安蔵らのことは気になっているが、直面している事態から目をそむけることはできない。

賊はまだ遠くには行っていないはずだ。順真についていけば、大山の登り口で追いつけるかもしれない。

春斎は、殺された慈恵一家の者たちの、血のぬるさからそう判断していた。もし時間がたっていれば、血は凝固し、殺された者たちの体も硬くなっている。しかし、そうではなかった。

（おそらく半刻もたっていないはずだ）

春斎はそう考えて、逃げた賊との時間差は半刻だと推量していた。それに、順真の足についていっているので、距離は縮まっているだろうと判断していた。

「それにしても下手人たちが、この道を使って子安宿に向かったんなら、この辺の土地に詳しいってことですね」

寅吉が後ろから話しかけてくる。

「何度か来たことがあるか、近場に住んでいる者たちかもしれぬ」

そんなことを話していると、先を行っていた順真が立ち止まって待っていた。気づかないうちに半町ほど離れていたのだ。大丈夫ですかと、順真が聞いてくる。

「さっきまでの上りに比べると楽です」

「小室さま、賊のことを考えていたのですが、賊は御師の家や大山詣りに詳しい者だと思います」

順真が歩きながらいう。

「はばかりながら、この時期は、御師たちにとっての稼ぎ時です。おそらくそれを狙って賊は慈恵さまと玄任を襲ったのだと思われます」

「大いに考えられることでしょう。そうだとすれば、賊は御師のことをよく知っている者でなければなりません」

「そうでしょう。何度か御師に世話になったことがある輩《やから》でしょう。許されることではありません」

「まったく」

同意した春斎は、順真が足を速めたので、合わせるように足を急がせた。後ろから寅吉と勘助の荒い息づかいが聞こえてくる。そばを流れる渓流は岩を削りながら瀬音を立てている。周囲は、わんわんとした蝉の声に満ちていた。

視界は周囲の山に遮られているが、前方の山の上には真っ白い雲がそびえていた。

子安宿に着いたのは、昼前だった。

大山道の往還には白衣を着た集団の講中や、数人の講中などが見られた。これから山に向かう者、下りてくる者それぞれだ。

手に杖を持ち、背中に木太刀を背負っている。木太刀は商売繁盛や無病息災などを願った木の刀で、山に向かう者のは古く、下りてくる者たちの木太刀は白くて真新しかった。

子安は小さな宿場だが、人馬の継立《つぎた》てが行われており、馬や駕籠《かご》を雇っている者たちもいた。

春斎が茶店で一息入れていると、問屋場に行っていた順真が駆け戻ってきた。

「小室さま、賊と思われる者がこの宿に来ています」

春斎はきらっと目を光らせた。順真がつづける。

「そのものは二人連れで、いずれも黒帯に、黒の手甲脚絆だったと申します」

「どこへ行ったかわかりますか？」

「大山のほうへ向かったといいます」

「すぐに追いましょう」

春斎が湯呑みを置いて立ちあがれば、寅吉と勘助も慌てたように床几から腰をあげた。

「小室さま、賊を見つけても、できれば殺生《せっしょう》は避けていただけませんか」

「…………」

春斎は順真を見た。

「許されぬ悪党だというのはわかりますが、この辺りは大山の聖域です」

「わかりました。しかし、それは相手の出方次第です。それに、蓑毛も聖域ではありませんか。その聖域で人を殺しているのです。大山の掟にしたがうのも、そのときどきです」

順真はなにも言葉を返さなかった。無言で理解したとうなずき、大山道を上りはじめた。

道は大山川に沿っている。しばらく行ったところに滝があった。順真が愛宕滝《あたごのたき》だと教えてくれる。

さにら三町ほど行ったところにまた滝があった。これには滝囲いがしてあり、登拝する講中たちが先を競うように滝壺に入って、身を清めるために禊《みそ》ぎをおこなっていた。

滝の高さは一丈三尺（三・九メートル）あり、飛沫《しぶき》が霧のように舞って、あたりに涼を醸《かも》している。滝に浸かって念仏を唱える者もいれば、持ってきた小太刀を洗い清めている者もいる。順真が良弁滝だと教えてくれた。

「旦那、賊がここを通っています」

そばの茶店で聞き込みをしていた寅吉が、血相を変えて戻ってきた。

「さっき、この滝で禊ぎをして山に向かったそうです。ほんのちょっと前のことです」

春斎は、さっと、上り坂になっている大山道の先を見た。

六

春斎たちは賊のあとを追った。

その賊はもう目と鼻の先にいるはずだった。寅吉と勘助が、下ってくる講中や茶店に入って賊のことを聞きに走った。

春斎と順真は先を行く講中に視線を飛ばして、賊の目印となる黒の手甲脚絆と帯をしている者がいないかと目を光らせる。

それは大山道が急に険しくなったところだった。寅吉が慌てたように駆け戻ってきて、

「旦那、いました。すぐ先を歩いている二人組がいます。黒の手甲脚絆に、黒の帯です。きっとやつらでしょう」

春斎は口を真一文字に引き結び、駆けるように足を急がせた。逃がしはしないという強い思いがあった。

しばらく行くと、前をゆく二人の男の後ろ姿が見えた。山から下ってくる講中に道を譲り、一人が後ろを振り返って、春斎たちに気づいた。短く見てきたが、急に顔色を変えて、連れの男になにかを耳打ちした。その連れも、春斎たちを振り返った。

春斎たちは他の講中のように白衣姿ではない。前の二人は、明らかに危険を察した素振りだ。彼らは山に向かわず脇道にそれた。

春斎は慌てずにあとを追う。二人の男がそれた脇道の先は少し開けており、そこにも小さな滝があった。

「待て、そこの者」

春斎が声をかけた。

二人の男が振り返った。警戒の目を向け、総身に殺気をたたえた。

「なんだ、おれたちのことか……」

右の男だった。色が黒く、ひしゃげたような鼻をしていた。左の男は小柄ながらがっしりした体軀だ。腰に道中差《どうちゅうざし》を差しているが、普通のものより長かった。

「おぬしらどこから来た？」

春斎は声をかけながらゆっくり近づいた。二人の男は緊張していた。そして、道中差に手を添えた。

「どこでもいいだろう。そんなことはあんたには関わりのねえことだ」

「おれは関東取締出役の小室春斎と申す。話を聞きたいので、ついてきてくれるか」

春斎が名乗ったとたん、二人はギョッとなった。

小柄なほうが驚いたように声を漏らした。

「やましいことがなければ、なにも狼狽《うろた》えることはなかろう。聞きたいことがあるのでついてこい」

春斎は男たちから視線を外さないで、大山道のほうへ顎をしゃくった。

「権八《ごんぱち》、相手はたったの四人だ。やっちまうんだ」

小柄なほうが吐き捨てるようにいって道中差を抜いた。

「なんの話があるのか知らねえが、八州廻りなんぞに用はねえ！　命が惜しかったら、尻尾巻いて逃げるこった」

ひしゃげ鼻が息巻いて道中差を抜く。

「威勢がいいな。刃物を振りまわす大山講中とは恐れ入る。そんなものはしまったほうが身のためだ」

春斎はゆっくり近づいていった。

「おい、舐《な》めんなッ！　おりゃあ弁慶谷《べんけいだに》の徳造《とくぞう》という、街道筋じゃちったァ名のとおった男だ。八州廻りなんざ怖くもねえや」

小柄なほうが吼えた。

「八州廻りか……」

「蓑毛の御師を襲ったのはきさまらだな」

春斎はさらに近づいた。二人の目に小さな驚きの色。ついで、凶悪な殺気が漂った。

「刃向かうなら容赦せぬ」

春斎は静かに刀を抜いた。

「おもしれえ」

ひしゃげ鼻の権八が、へらっと笑い、手の甲でよだれをぬぐうように口のあたりをこすった。そのまま間合いを詰めてくる。弁慶谷の徳造が、春斎の左にまわり込んできた。

「旦那……」

寅吉が不安そうな声を漏らしたが、

「手出し無用だ」

と、春斎は言葉を返して、刀を平青眼《ひらせいがん》に構えた。

左から徳造が撃ちかかってきた。春斎は右足を引くと同時に、徳造の刀をはねあげ、返す刀で、突きを送り込んできた権八の刀をすり落とした。

飛びすさって体勢を整えなおした徳造が、すかさず斬り込んできた。うまくゆけば、春斎の胴を横なぎにできたはずだが、そうはならなかった。

右足を軸にして半回転した春斎は、狙いを外した徳造の横位置に身を移しており、刀の棟を返すやいなや、そのまま胴をたたいた。

ドスッと、肉をたたく音と、徳造の口から「うぐッ」という、うめきが漏れた。そのときには、春斎はもう権八の正面に立っており、すり足を使って、スススッと間合いを詰めた。

権八は春斎の迫力に気圧《けお》されたのか、一尺、二尺と後退した。春斎はそのまま間合いを詰めてゆく。

「くそッ」

吐き捨てた権八が、刀を上段に振りかぶってそのまま撃ち込んできた。

春斎は上半身を軽くひねって、その斬撃をかわすと同時に、権八に足払いをかけた。一瞬、権八の体が宙に浮かんだ。そこへ春斎の刀が後ろ肩に撃ち込まれたので、権八は顔面から地面に激突する恰好になった。

「うぐぐッ……」

権八は両手を使って立ちあがろうとしたが、ひしゃげた鼻から血を流したまま、前につんのめった。

春斎は静かに刀を鞘に納めて、順真を振り返った。順真はあっけにとられた顔をしていた。二人を倒すのに、ゆっくり十《とお》を数える間もなかったからだ。

「順真殿、斬ってはおりませんのでご安心を」

聖域での刃傷沙汰《にんじょうざた》は慎《つつし》んでくれといわれていた春斎は、二人の賊を棟撃ちにしたのだった。それでも徳造の肋《あばら》は二、三本折れているだろうし、権八の鎖骨《さこつ》も罅《ひび》が入っているか折れているはずだった。

「寅、勘助、二人に縄を打て」

七

ひしゃげ鼻の権八と、弁慶谷の徳造を捕縛した春斎は、二人の身柄を上糟屋村《かみかすややむら》まで護送し、百姓惣代の家で取り調べを行った。

この家に略式の牢屋があることと、順真ができるだけ大山の聖域から離れたところでの取り調べを望んだからである。

権八と徳造は、平塚宿の博徒《ばくと》崩れだった。大山講の盛んな時期を狙い、御師宅に押し入って強盗をはたらく目論みを立てていたのだった。

二人とも大山詣りはしていなかったが、蓑毛の御師集落に何度か足を運んでおり、どこの御師が金を持っていそうで、狙いやすいかの下調べをしていた。つまり、計画的な犯行だったわけである。

取調べの当初は、二人とも口が堅かったが、受けた傷がよほどうずき精神的にまいったらしく、小半刻もせずに徳造が話しはじめると、権八も観念して罪状を認めた。その間に、二人は何度も医者を乞うていた。

棟撃ちされただけとはいえ、やはり春斎の予想どおり、権八は右肩の鎖骨を折り、徳造は肋骨を折っていた。

すべての調べが終わったのは、日の暮れ前であった。

「勘助、二人の口書《くちがき》は二通とってある。一通を平塚宿の問屋場にわたし、あとはまかせるとよい。この村の者に手伝ってもらい、二人を平塚まで送ってくれるか」

春斎は一通の口書を勘助にわたして命じた。

「へえ、あとの段取りはわかっておりますんで、おまかせください」

もう一通の口書は、春斎が江戸に帰ったおりに、廻村中の一部始終を報告する経緯書《いきさつがき》に添えなければならない。経緯書は、評定所《ひょうじょうしょ》の留役《とめやく》に提出することになっている。

「順真殿、これで当面騒ぎはないはずです」

「はは、お世話をおかけいたしました。これで死んだ者たちも少なからず浮かばれることでしょう。それにしてもむごいことを、しでかしてくれたものです」

順真はやるせないため息をついて、それであの二人はどうなるのだと聞いた。

「しばらくは問屋場預けでしょう。裁きはその後、関東代官より沙汰があるはずです。どう転んでも死罪は免《まぬが》れぬでしょうが……」

「金のために人を殺したのですから、無理からぬことでしょう。それで小室さまは、これからどちらへ？」

「ある賊を追っているところです。日向村で逃がしてしまい、その後の手がかりがないので難渋しておりますが……」

「お役目とはいえ大変でございますね。どうかお気をつけください」

「うむ、ではここで……」

「息災をお祈りいたします」

順真は合掌《がっしょう》して頭を下げた。

すでに、勘助が権八と徳造を護送する支度を終えていた。春斎はそれを見ると、

「勘助、途中までいっしょしよう」

と、いって歩きだした。

空は夕焼けに染まっていた。日の暮れを惜しむように蟬の声が高くなっている。

権八と徳造は、後ろ手に縛られ、唐丸籠《とうまるかご》に入れられていた。担ぎ手は雇われた村の者たちで、勘助が平塚宿まで先導役となった。

春斎と寅吉は、勘助らと伊勢原で別れて、愛甲へ向かった。そのまま厚木、国《こく》分《ぶ》（現・海老名《えびな》市）と進み、江戸に通じる道を辿《たど》る。

「旦那、今夜はどこへ泊まります？」

愛甲を過ぎたところで寅吉が聞いてきた。江戸へ帰るらしい、四人の大山講中が半町ほど先を歩いていた。

「もう日暮れまで間がないが、厚木まで行ってみよう」

「やつらのことが、なにかわかればいいんですがね」

「うむ」

日の光はゆっくり衰えている。往還を横切るように燕が飛んでゆき、風が土《つち》埃《ぼこり》を巻きあげた。

案山子《かかし》を立てた田が見られるようになり、桑畑が広がってきた。道は相模川沿いに北上し、厚木宿が近くなった。

春斎は歩きながらも、蝙蝠安の弟分だった源三を殺されたことを悔やんだ。もっともあのときはどうすることもできなかったのだが、源三が生きていさえすれば、もう少し突っ込んだ詳しい話が聞けたはずである。

しかし、源三が語ったことを何度も頭の中で反芻《はんすう》し、安蔵を追う手掛かりになる言葉はなかったかと考えていた。

厚木宿の手前ですっかり日が暮れた。空に星が散らばり、蟬の声が途絶えた。

旅籠や粗末な料理屋の明かりが見えたとき、春斎は足を止めた。

「……どうしました？」

寅吉が怪訝《けげん》そうな顔を向けてくる。

「やつらはここに来ているかもしれない」

「なぜ、そうだと……」

「いま、思いだしたのだ。安蔵に殺された源三は、仲間は藤沢宿まで来て、北へ向かうという話になっていたといった。大山も藤沢の北にあたるが、やつらはもっと北へ逃げようとしていたのかもしれぬ」

「もっと北といいますと……」

「おれの単なる推量にすぎないが、八王子《はちおうじ》ではないかと思うのだ」

厚木宿は交通の要衝《ようしょう》である。矢倉沢往還・大山道・甲州道・八王子道の他に、林道の丹沢道《たんざわどう》や巡検道《じゅんけんどう》がある。それだけ、厚木からの逃げ道の選択肢は多いということになる。

「宿場に入ったら、ちょいと聞き込みをやってみましょう。やつらが厚木を抜けているなら、なにかわかるはずです」

春斎は寅吉に応ずるように歩きだした。

「追う手掛かりはなにもないが、ここまで来たのはおれの勘だ。もし、外れていれば、また引き返すことになるかもしれぬが、寅、そのこと心得ておけ」

「へえ、わかりやした。旦那とでしたらどこへだってお供いたしますよ」

寅吉は「へへへ」と、楽しそうに笑った。

だが、春斎の勘は冴えていた。蝙蝠の安蔵一味は厚木に来ていたのだ。

第三章　江戸へ

一

厚木宿は、相模川の舟運によって発展したといっても過言ではないが、各往還の交差する宿場でもあるから、そのにぎわいは東海道の大きな宿場にも引けをとらない。

宿往還は旅籠《はたご》や料理屋などから漏れる明かりに染められ、旅人や河岸人足《かしにんそく》、あるいは職人などが行き交っていた。

客引きの留女《とめおんな》の声がひっきりなしに聞こえてくれば、料理屋からはにぎやかな笑い声や話し声も聞こえてきた。

宿場の中ほどに堀が流れているが、これは防火用のためである。そんな様子を見れば、厚木が「相模の小江戸」と呼ばれることに納得する。

春斎と寅吉は問屋場を訪ねると、早速、蝙蝠の安蔵のことを訊ねた。

「そいつらはいったいどんな悪さをしでかしたんです」

問屋場詰めの宿役人に、人相書きと似面絵を見せると、問屋（宿役人《しゅくやくにん》の長）が額にしわを走らせて、興味津々《しんしん》の目を向けてきた。

「手短にいえば、商家に押し入り、主以下奉公人らを皆殺しにして、金を盗んだ悪党だ。人を殺しての盗みばたらきは、一度や二度ではない。放っておける輩ではないが、すんでのところで取り逃がしてしまった」

「それはまたひどい悪党で……」

問屋が目をしばたたいて驚くと、問屋の補佐をする年寄《としより》と帳付《ちょうづけ》が人相書きをのぞき込んだ。

「蝙蝠の安蔵というが、ちぢめて〝蝙蝠安〟と呼ばれることもある。用心棒と一人の手先を連れて逃げているのだが、この宿場に入っているかもしれぬ」

「それはまた物騒なことで……」

小柄な年寄が顔をこわばらせて、春斎と寅吉を見た。

「おれたちはその先にある大和屋《やまとや》という旅籠にいる。もし、なにか耳にしたり、こやつらを見たという者がいたら知らせてくれるか」

「へえ、それじゃちょいと、あたってみることにいたしましょう」

問屋は協力的なことをいってくれた。

「すまぬが頼む」

旅籠・大和屋に入った春斎と寅吉は、部屋に落ち着く間もなく、手分けして聞き込みを開始した。

春斎は宿場の西側を、寅吉が東側を順繰りにまわっていった。時刻が時刻なので、開いているのは旅籠や料理屋、そして粗末な居酒屋である。

春斎は同じことをいいながら聞き込んでいったが、手掛かりはなにもつかめなかった。徒労感をにじませ旅籠に戻った。ほどなくして寅吉も戻ってきたが、

「誰も蝙蝠安を見た者はいませんね。三人連れの男にも気づいていないようです」

と、疲れた顔で茶を飲んだ。

「三人はいっしょに動いているはずだが、悪知恵のはたらくやつらだ。離れて動いているのかもしれぬ」

「いっしょに動いているのは、牧野新五郎という用心棒と次郎という男ですね。蝙蝠安と同じように、そいつらの似面絵《にづらえ》を作ったらどうでしょう」

「それはおれも考えていることだ。だが、都合よく絵師がいればよいが……」

「旦那、聞いてきますよ。なにもしないよりましです」

寅吉はひょいと腰をあげて、帳場に行ってくるという。

春斎は黙って見送り、団扇《うちわ》をつかんであおいだ。風のない蒸し暑い夜だった。

軒先に吊《つ》るされている風鈴も、ちりんとも音をさせない。

「旦那、旦那……」

帳場に行っていた寅吉が、ばたばたと駆け戻ってきた。

「どうした」

「蝙蝠安はこの宿場を通っています。問屋場の帳付がそういうんです。なんでも渡し舟の船頭が、そっくりの三人を乗せたといってるそうで……」

「渡し舟、それじゃもうこの宿場にはいないってことか。帳付はどこだ?」

「下に待たせています」

春斎は急いで玄関に行き、帳付に会った。

「渡し舟に乗ったというのはたしかか?」

「へえ、わたしは見ておりませんが、その蝙蝠安と仲間の二人だったような気がすると、船頭がいいます」

「いつのことだ?」

「今日の昼前だったとかで……」

春斎は唇を噛んで、表に目を向けた。すでに夜の闇は濃くなっている。

「その船頭はどこだ？」

「近くの店で酒を呑んでいますが、もう舟は出ませんよ。舟が出るのは早くても明日の明け六つ（午前六時）です」

帳付は春斎の考えを先読みしたようなことをいった。

蝙蝠の安蔵と二人の仲間を乗せたという船頭に会ったが、いい気分で酔っていた。

「たしかにこの男がいたのだな」

春斎は和助《わすけ》という船頭に、安蔵の似面絵を見せて聞く。

「へえ、この男だったと思いやす。侍と目つきの悪い男といっしょでした。なにも喋《しゃべ》らねえんで、薄気味悪かったんで、よく覚えてるんです」

「それじゃ、そいつらが舟を降りてどこへ向かったかはわからないんだな」

「そんなことはわかりっこありませんよ」

酒で赤くなった和助の目はとろんとしていた。目の前には三本の銚子が転がっていて、四本目にかかっている。舟を出せるかと聞いても、無駄だとわかった。

それで、これから舟を出せる船頭がいないかと訊ねた。

「誰もいませんよ。それにこの刻限です。出せといわれても、決まりがありますから、無理ですよ」

和助は顔の前でひらひらと手を振った。

春斎は川をわたるのを、あきらめることにした。いずれにしろ、対岸にわたってもその先の足取りはつかめていない。だが、蝙蝠安のあとを追っていることはたしかである。

「旦那、近くに智音寺《ちおんじ》という寺があるそうで、そこの住職が絵を描くといいます。どうします？」

寅吉が顔を向けてきた。

どうもこうもない。明日の朝まで厚木に足止めを食らっている恰好である。

「寺を訪ねよう」

春斎はすぐに答えた。飯はあとまわしだと付け足しもした。

二

「まったく、どうしたってんだ。蝙蝠安がこんなところで、もたもた道草食ってたってしようがねえだろう」

次郎は田螺《たにし》の煮染めを口に放り込んで、くちゃくちゃやっていた。

「おめえは黙ってろ。だいたいがてめえは気が短くて、考えなしで動くとこがあるからいけねえんだ」

安蔵は次郎をにらむ。

「へん、なにいってやがる。ここそ逃げまわってるだけじゃねえか。相手は八州廻りだろうが、ついてるのは雑魚《ざこ》だ。それにここまでやつが追ってくるとも思えねえ。なあ、新五郎さん、そうは思いませんか……」

次郎は盃を口に運びながら、柱に寄りかかり片足を投げだしている牧野新五郎を見た。

「おれはどっちでもいいさ。安蔵の考えにまかせる」

「まかせるって……。仲間を殺されて、金はまだ江戸だ。逃げるにゃ金がいる。金を取りに帰るのが先じゃねえか。ほとぼりを冷ますために四月《よつき》も江戸を離れてんだ。有り金だって、底をつく」

「次郎、黙れといってんだ。思案のしどころだから考えてるんだ。横でごちゃごちゃいいやがって、まとまるもんもまとまらねえじゃねえか。このべらぼうが

「……」

安蔵が吐き捨てるようにいって眼光を鋭くすると、次郎はため息をついて黙り込んだ。

そのまま重たい沈黙が流れた。

安蔵たちは下鶴間村《しもつるまむら》(現・大和市《やまとし》)まで来ているのだった。人馬継立てのある駅逓《えきてい》だが、宿場というほどではない。街道に面して十軒ほどの小店や、にわか仕立てといっていい旅人宿がある程度だった。

安蔵たちは、その一軒の旅人宿に草鞋《わらじ》を脱いでいるのだった。

思いだしたように、夜蝉が鳴いた。次郎が安蔵の思考を邪魔するように、パタパタと団扇を使っている。

「おれが考えているのは源三のことだ」

安蔵が沈黙を破った。すぐに、次郎と新五郎が目を向けてきた。

「源三はあの八州に捕まって尋問を受けている。おれたちのことを、どこまでしゃべりやがったか知らねえが、もし金の在処を口にしていたら、ことだ」

次郎が細い目を瞠って、

「そりゃねえよ。源三は金の隠し場所は知らねえんだ」

と、団扇をあおぐように否定した。

「いや、わからねえ。八州に殺された金次は知っていた」

「なんだと！　なんであのでこ助が知ってたってんだ」

次郎はあおいでいた団扇を膝にたたきつけた。

「金次に手伝わせたからだ。もし、金次が源三に話してりゃ、八州は金の隠し場所を聞きだしてるかもしれねえ」

「そんなことなら、じっとしておられねえじゃねえか」

次郎は膝をすって詰め寄ってくる。

「だからおれは悩んでんだ。このまま八王子あたりまで行って、様子を見ようと思ったが、源三のことを考えはじめたら、不安になったんだ」

「おい、安蔵。だったらこんな田舎に引っ込んでるわけにゃいかねえぜ。金を取りに江戸に戻るんだ」

「それができりゃなんの問題もねえさ」

「なにが問題だってんだ」

「おれたちゃ、火盗改《かとうあらた》めにも町方にも追われてる。おれの人相書きが出まわってるのは、たしかめなくったってわかる。おまえだってそうだ。新五郎さんだって……」

安蔵たちは江戸から逃げる際、理兵衛《りへえ》という仲間を失っていた。火盗改めに捕まったのだ。火盗改めの取り調べは荒っぽいし、容赦がない。

このことは、どの盗賊も承知していることだった。口を割らせるための拷問は、想像を絶するほど厳しいという。どんな強情な人間でも、その責めには耐えられないらしい。

理兵衛はそんな拷問に耐えられる男ではなかった。悪党ぶって意気がってはいたが、元は商家の奉公人で、気の小さい男だった。安蔵はそのことをよく知っていた。

それでも理兵衛が捕まっても、自分たちが在に逃げれば、追っ手は来ないと楽観していた。ところが、八州廻りがやってきた。

火盗改めから探索の依頼を受けたからにちがいなかった。そうでなければ、八州廻りが出張《でば》ってくるはずがないし、人相書きを持っているはずもなかった。

「だけどよ、こんなところで黙って指くわえてじっとしてたり、逃げまわったりしてもしゃあねえだろう。せっかくおれたちの〝稼いだ金〟を奪い取られたら、目もあてられねえ」

「おめえのいいたいことはわかる。おれだって、さっさと金を取りに戻りたいのは山々だ。仲間が殺されちまったが、そのぶん、分け前が増えたんだからな。だが、捕まったらそれまでだ。これまでの苦労は水の泡だ」

「捕まらないようにすりゃいいんだ」

「そうしたいところさ。だが、源三がしゃべってたら、むずかしいところだ。金の隠し場には見張りがつけられてるだろう。見張ってるのは八州廻りだけじゃねえはずだ。火盗改めも、町方もいるかもしれねえ、いや、そうだと考えたほうがいい」

「あきらめるというのか」

それまで黙っていた新五郎が聞いてきた。

「あきらめたくはねえですよ。だが、あきらめるのも手です」

「なんだと！　いったいいくらあきらめろってんだ。馬鹿いうんじゃねえ」

次郎がたまりかねたように声を高くした。

「しッ。怒鳴るんじゃねえ。おれがいいたいのは、あきらめて命永らえば、また稼ぐことはできるってことだ。欲をかいたばかりに捕まりゃそれまでだ。そうじゃねえか……」

次郎は黙り込んだ。

「新五郎さん、おれのいいたいことはわかるだろう」

安蔵は新五郎を見た。少し迷っているふうだったが、

「稼ぎは安くなかった。みすみすあの金を捨てるのも惜しいが、おまえのいうこともわかりはする。だが、いまここで決めるのはどうだろう」

といった。

「それじゃどうしろと……」

安蔵は新五郎を凝視した。

「今夜一晩考えて、明日の朝決めるってのはどうだ」

安蔵は視線を彷徨《さまよ》わせ、

「よし、そうしよう。明日の朝、どうするか決めよう。それでいいか？」

と、次郎を見た。

「ああ、そうしようじゃねえか。まだ死にたくはねえしな。だけど、金もほしい。いまの持ち金じゃ、いずれ底をつくのは目に見えている」

安蔵はなにも答えなかったが、

（そうなんだ。持ち金がねえからな）

と、胸の内でつぶやいた。

江戸を逃げる際に持参したのは、三十両だった。他の者には二十両しかわたしていない。それに三月《みつき》の間に、持ち金はどんどん減っている。

（やっぱり、江戸に戻るか……）

安蔵は酒に口をつけて思った。それからもうひとつ気になることがあった。お清《きよ》だった――。

江戸に残している女だ。ほんとうは藤沢宿で落ち合う予定だった。ところが、待てど暮らせどお清はやってこなかった。そのうち、八州廻りが自分たちを追っているということを知り、お清のことをあきらめて藤沢宿を離れたのだ。

（あの女、いまごろどこで、なにをしてやがんだ）

お清の顔を思い浮かべたとき、腕に蚊が吸いついた。安蔵は片手で、たたきつぶした。

三

組屋敷を出た津森七兵衛《つもりしちべえ》は、汗をぬぐいながら本郷竹町《たけちょう》に入ったところだった。夜風がねっとりしていて、蒸し暑い夜だった。それでも、これからお清に会えると思うと、胸が高鳴った。

まさかこんな間柄になるとは思わなかったが、七兵衛は人生の不思議を感じていた。相手は盗人の女である。それも、大凶賊・蝙蝠の安蔵の女だった。

七兵衛がそのことを知ったのは、三月に火盗改めの増役《ましやく》についたときだった。火盗改めの定員はおおむね決まっているが、火災の多い冬季には先手組《さきてぐみ》から助役《すけやく》として加役がつけられる。また手不足のときには増役として同心が駆り出される。

七兵衛は、この年の三月に、横山町《よこやまちよう》三丁目の呉服問屋「伏見屋《ふしみや》」に押し入り、主の庄右衛門《しようえもん》を含め十一人を惨殺し、金蔵《きんぞう》を破った賊の探索に増役として加わっていた。

賊のことはなかなかわからず、逃走先を割り出すのにも時間がかかったが、事件発覚から三日後に、賊の一味と思われる男が捕縛された。

理兵衛という男で、取り調べの末に、賊の頭《かしら》が蝙蝠の安蔵ということがわかった。同時に人相書きも作られたが、他の仲間は判然としなかった。

それは、安蔵が他の仲間に、理兵衛をめったに会わせていないということもあったが、取り調べの拷問がきつくて、理兵衛が自らの命を絶ったせいもあった。

ただ、安蔵が東海道を上《のぼ》ったということはわかっていた。火盗改めはすぐさま安蔵一味を追わなければならなかったが、その矢先に幕府重臣の旗本屋敷が火をつけられるという事件が起こった。

それで蝙蝠の安蔵を追う人員が割けず、八州廻りに探索の協力が仰がれた。七兵衛が増役を務めたのはそこまでだったが、その間に、他の者がまったく気づかなかった女に、疑いを持った。

それが、お清だった。

七兵衛は、お清に不審がられない近づき方をして、約ひと月をかけて親しくなった。そして、自分の抱いた疑いが、まちがいではなかったということに気づいた。それは、肌を寄せ合うようになって間もなくのことだった。

「安蔵さん」

同衾《どうきん》している最中に、お清がよがりながら口を滑らせたのだ。

思わず口走ってしまったのだろうが、七兵衛にはぴんと来た。もちろん、お清は情事のあとでいいわけをした。

「旦那、堪忍《かんにん》しておくれ。別れた亭主の名を口にするなんて、わたしとしたことが……堪忍だから、怒らないでおくれましよ」

そういって、七兵衛の首に両手をかけて甘えたのだ。

「まあ、ときにはそんなこともあろう。わたしも死に別れた妻の名を口にすることがあるかもしれぬから、そうなったらおあいこだ」

七兵衛は内心の不服と、「やはり、これが賊の女だったか」という思いを、胸にたくし込んで応じた。

しかし、もっとお清のことを知ろう、そして蝙蝠の安蔵のことを聞きだそうと、何度も逢瀬を重ねているうちに、妙なことになってしまった。

お清に惚れてしまったのだ。いまや、寝ても覚めてもお清のことが頭から離れなくなっている。

お清の家の戸口に立った七兵衛は、首筋をつたう汗を手ぬぐいで拭い、戸をたたいて声をかけた。

「あら、旦那。いま開けるから……」

お清の声が返ってきて、すぐに戸が開けられた。お清は嬉しそうに微笑《ほほえ》んで、七兵衛の手を取った。

「寂しかったのよ。早く来てくれないから」

少し鼻にかかった甘ったるい声でいわれると、七兵衛は身も心もとろとろになってしまう。

「役目でなかなか抜けられなかったのだ。待たせて、すまぬ」

「ううん、ちゃんと来てくれたからよくてよ。それで麦湯にします。それともお酒」

「酒をもらおうか」

「それじゃすぐに支度をするわ。手間はかけないから、座敷で涼んでいて……」

お清はてきぱきとこまめに動く。

小柄だが、均整の取れた体つきで、つくべきところにちゃんと肉がついている女だった。男好きのする体なのだ。豊満な胸に締まった腰、ほどよく丸みのある尻に、引き締まった足首。

七兵衛は酒の支度をするお清を、団扇を使いながら眺めていた。家の中には蚊遣《かや》りの煙が流れており、隣の間には蚊帳《かや》を吊ってあった。蚊帳の中には夜具が延べられている。

（今夜もあそこで……）

七兵衛はそう思いながら、にんまりと、締まりのない顔になる。

お清が丸盆に冷や酒と肴をのせて運んできた。肴は胡瓜《きゅうり》の浅漬けだった。

「さ、召しあがって」

お清がぐい呑みをわたしてくれる。

「うむ」

七兵衛は酒に口をつけながら、嬉しそうに微笑んでいるお清を眺める。浴衣《ゆかた》姿だ。襟元に、豊かな胸の谷間がのぞけている。

行灯《あんどん》に染められた白いうなじは少し汗ばんでおり、後《おく》れ毛が張りついていた。

特に美人ではないが、愛嬌のある顔をしているし、なんといっても肉置《ししお》きがよい。七兵衛はこのままむしゃぶりつきたいという衝動を必死に抑えて、

「それで、折り入って相談があると申したが、いったいなんであろうか？」

と、聞いた。

「引っ越したいんです」

「引っ越し……」

「今日明日にでも、すぐにこの家を出てゆきたいんです」

「なぜ、そう急《せ》く」

「この家は落ち着かないの。それに別れた亭主は、しつこい質《たち》だから、いっここを見つけて乗り込んでくるかわからないし……」

「きれいに別れたのではなかったのか」

「正直にいうと、わたしのほうから逃げるようにして、ここに引っ込んできたんです。それに、最近変な男が近所をうろついているなんて話を耳にするんです。もし、あの人だったらと思うと、なんだか生きた心地がしないんです」

「しかし、どこへ越すというのだ。おいそれと、家は見つからぬぞ」

「いいえ、いいところがあるんです」

「ほう、もう見つけたと申すか。なんとも手まわしのよいことを……」

「旦那の屋敷です」

お清がまっすぐ見てくる。七兵衛はぐい呑みを膝許に返した。

「わたしの……わたしの家に……」

「はい。わたし、もう旦那といっしょになりたいの」

お清はそういって、七兵衛の胸に飛び込むように体を預けてきた。

「お嫁になれなければ、下女奉公でも飯炊き女でもいいから、旦那と同じ屋根の下に住みたいんです」

お清は耳のそばでささやくようにいうと、少し顔を離して、物欲しそうな目で見つめてくる。

「相談とは……そういうことであったか……」

「無理なら、わたしは遠くに行くことにします。そうなると、旦那と別れることになってしまうけれど……」

「そんな、別れるだなんて」

七兵衛はわざと焦《じ》らされているとわかっていても、この女とは離れられないと思ってしまう。いや、正直なところ、離れたくないのだ。

「旦那、わたしを預かってくれませんか」

「……わかった。気持ちよく引き受けよう。いいさ、いつでもわたしの屋敷に移ってくるがよい」

「嬉しい。旦那だったら、きっとそういってくれると思ったの。ねえ、旦那、わたしもう旦那のことを……」

お清はそういって自ら唇をあわせてきた。

四

和助の舟はゆっくりと対岸の河原口に向かっていた。

相模川の流れは緩やかで、下流のところどころに砂州《さす》が見える。白鷺《しらさぎ》がその砂州に集まっていた。

和助は櫓《ろ》と櫂《かい》を使い分けて舟をさばいていた。春斎と寅吉の他に、三人の舟客がいるが、いずれも行商人だった。また、渡し舟には厚木河岸で積み込まれた荷が積んであった。これは平塚宿《ひらつかしゅく》から川舟によって運ばれてきた塩や干鰯《ほしか》などの海産物だった。

「痛むんですか……」

寅吉が声をかけてきた。春斎が怪我をしている左肩を気にしているからだった。

「いや、どうということはない」

そう答えた春斎だが、御師殺しの権八と徳造を取り押さえる際に無理をしたようだ。しかし、少し傷が開いた程度で、違和感があるだけだった。

相模川は昇りはじめた朝日にきらめいて、滔々《とうとう》と流れている。舟の舳《みよし》がゆっくり流れをかき分け対岸に近づいていった。

「向こうに着いたら、早速、似面絵を使って聞いていこう。必ず三人を見た者がいるはずだ」

「そうでなければ困ります」

応じた寅吉は、昨夜、智音寺の住職に描いてもらった三人の似面絵を眺めた。

さいわいにも住職は絵達者で、事情を話すと快く筆を執ってくれた。

蝙蝠の安蔵の似面絵は、すでに江戸で作られた絵を模写しただけだったが、次郎と牧野新五郎の顔は、春斎の記憶が頼りだった。

対岸に舟が着くと、春斎と寅吉はそのまま矢倉沢往還を東へ進んだ。つぎの宿は国分（現・海老名市）である。小半刻もかからない距離だ。

宿場に入ると人馬の継立てをする小さな問屋場に立ち寄った。ここには人足しかいなかったが、昨夜作った似面絵が功を奏した。

「この三人でしたら、昨日見たばかりです。この辺じゃ侍連れの旅人はめずらしいですからね。それに旅人のわりには荷が少なかったんで、よく覚えていますよ」

人足は馬に飼《か》い葉《ば》を与えながら答えた。

「それでどっちへ行った？」

「ここには用はないとばかりに、ずっと向こうに行きましたよ」

人足は江戸方向を指さした。

「何刻《なんどき》ごろだった？」

「昼は過ぎてましたが、八つ（午後二時）にはなってませんでしたよ。寺の鐘を聞いたのは、それから半刻ばかりあとでしたからね」

つまり、安蔵らは九つ半（午後一時）ごろ、ここを通ったということだ。

「それで、あの三人はなにをしでかしたんです？」

「いろいろだ。礼を申す」

春斎はそういっただけで、先を急いだ。

「旦那、つぎの宿は下鶴間ですね。そこも道は枝分かれしてんですか？」

この辺の地理に詳しくない寅吉が聞いてくる。

春斎もこちら方面へ廻村に来たことは少ない。決して土地鑑《とちかん》のあるほうではなかった。だが、下鶴間のことを思いだして、

「いくつか小さな道はあるが、大きな道は矢倉沢往還と八王子道だけだ」

この八王子道は滝山道《たきやまどう》とも呼ばれていた。

「すると、まっすぐこの道を江戸のほうに向かったか、八王子へ向かったか、そのいずれかってことになりますかね」

「どっちへ向かったか、それはわからぬが、とにかく先を急ごう。やつらが下鶴間へ向かったのはたしかだ」

国分から下鶴間までは二里の道程だった。

春斎と寅吉は足を急がせた。

下鶴間に近づくにつれ、松林や竹林が目立つようになった。往還といっても、道幅は広くて三間ほどである。その道に竹や松が両側から迫ってきた。

下鶴間は小さな宿場だった。家並みも少ないので、つい通り過ぎそうになった。だが、春斎はめざとく、木賃宿《きちんやど》のような宿を見つけて、そこを訪ねた。

「へえ、このお三人でしたら。昨日早く見えて泊まっていかれましたよ」

額に頭痛膏を貼り、浴衣をだらしなく着ている女将《おかみ》が、目をしばたたかせながらいう。

「そやつらはどこへ向かった？」

「わたしが宿賃をもらうときに、江戸に戻るとか……そんな話をしてました」

三人は朝餉《あさげ》をすませると、そのまま出ていったという。

春斎はさっと寅吉を振り返って、もう一度女将を見た。

「たしかにそういったのだな」

「わたしゃ見た目は悪いけど、耳だけはいいんです」

女将は冗談ぽく笑ったが、すぐに真顔になって、あの人たちはいったい何者だったんですと聞く。春斎は適当に答えて、先を急ぐことにした。

宿の女将のいった言葉を信じれば、安蔵たちは江戸に向かっていることになる。すると、鶴間（町田市）・長津田《ながつだ》（横浜市緑区）・荏田《えだ》（同）・溝口《みぞのくち》（川崎市高津区）・二子《ふたこ》（同）という経路で江戸府内に入るということだ。

春斎と寅吉は、鶴間でも安蔵一行の目撃証言を得た。こうなると歩きにも勢いが出てくる。春斎は健脚なので、ときどき寅吉を待たなければならなかった。

つぎの宿場である長津田には、東海道の宿場・神奈川につながる神奈川道がある。安蔵らが、矢倉沢往還を進まず、一度東海道に出て江戸に戻ることも考えられた。

そのために、春斎は念を入れて、聞き込みを行った。その結果、安蔵らがまっすぐ矢倉沢往還を進んだことがわかった。

「旦那、似面絵ってェのは便利なもんですね。人相書きより、ずっとわかりやすいですからね」

「やつらを見てから、間もないということもある」

「たしかにさようで」

春斎は安蔵らとの差を詰めていることを実感していた。おそらく先方は、自分たちが追ってきていることに気づいていないはずだ。

春斎と寅吉が二子の渡しに着いたのは、日が西に大きく傾いたころだった。対岸は瀬田村《せたむら》（世田谷区《せたがや》）である。渡し舟は二艘で、交互に渡されている。

「ああ、この三人でしたら、一刻ほど前に向こうに乗せていきましたよ」

渡し場の船頭に聞くと、そんな言葉が返ってきた。

春斎は目の前に横たわる多摩川を眺めた。筏舟《いかだぶね》と材木船がゆっくり下っていた。

「舟が出るぞォ！」

船頭が舟乗り客に声をかけた。

五

お清が津森七兵衛の組屋敷に引っ越しを終えたのは、その日の夕刻だった。もともと持ち物が少なかったので、引っ越しは簡単だった。もっともうるさい大家に、家の片づけと掃除をいいつけられたので、手間取ってしまったのではあるが。

それでも、七兵衛の屋敷に入ると、心の底から安堵の吐息を漏らすことができた。大家にも引っ越し先は教えなかったし、聞かれもしなかったので、もし安蔵が本郷竹町の家を探しあてても、ここへは辿《たど》り着けないはずだ。

なにしろ、先手組の屋敷地である。先手組といえば、安蔵らを血眼になって追っている火盗改めの与力・同心のいる部署である。そんな人間のいる組屋敷に安蔵がやってくることはないはずだ。

（それにしても……）

お清は七兵衛の家の前に出て、屋敷地を眺めた。町屋とはまったくちがう場所である。屋敷はおおむね百坪か二百坪だろう。そこに拝領屋敷が整然と建てられている。一本道の両側にそれらの屋敷が並んでいるのだ。

各屋敷には庭があり、塀が造られている。もっとも庭は各屋敷の主人の好みで造られているので、それぞれだ。塀も生け垣だったり、板塀だったり竹垣だったりである。

また、竹垣も建仁寺垣《けんにんじがき》だったり鉄砲垣だったりとさまざまである。

（お武家っていうのは、ちがうもんなんだね）

お清は妙に感心する。

しかし、疑問もあった。町屋で見かける立派な武士、それは城勤めをしている幕臣のことなのだが、みんな家来を連れて歩いている。

七兵衛もそうだと思っていたが、どうも様子がちがう。家には雇いの中間《ちゅうげん》も下女奉公をしている者もいないのだ。七兵衛は先手組の弓方だった。

鉄砲方もあるのは知っているが、その同心たちがいったいいかほどの俸禄《ほうろく》をもらっているのかがわからない。よく耳にするのは、

「下《した》っ端《ぱ》の同心はおしなべて三十俵二人扶持が関の山だよ」

ということだった。年に換算すれば、四十俵である。

米の値段を考えれば、自《おの》ずと答えが出てくる。

いま米一升の値段は、百文ぐらいである。一俵は四斗だから、四十俵だと十六万文だ。一両の相場はおおむね六千文なので……二十七両にも満たない。庶民の五人家族の年収が二十五両といわれている時代である。

お清は半ば愕然となって、

「……ふーん、そうか」

と、空にそびえている入道雲を眺めて、声を漏らした。もっとも役料だけでなく付け届けや家禄があるだろうから、もう少し収入はあるはずだ。それにしても、ずいぶん薄給取りだと思わずにはいられない。

同時にそういうことであれば、七兵衛は話に乗ってくるだろうと算盤《そろばん》をはじいた。

日が翳《かげ》り、地面を湿らす夕立があった。雨は庭の木々と草花をしっとり濡らしただけでやんだが、そのせいで幾分涼しくなった。

七兵衛は夕闇が漂いはじめた、六つ半（午後七時）ごろ帰宅した。

「手伝えなくてすまなんだ」

七兵衛はお清が用意した濯《すす》ぎで、足を洗って謝った。

「気にしないでください。どうせ持ち物なんて少なかったし、家財道具も置いてきましたから……。持ってくれば旦那のご迷惑になると思ったんです」

七兵衛は少し間を置いて、「さようであったか」と、答えた。

「お中間はいないんですね」

「雇えば金がかかるからな。この組屋敷の者たちも、雇っている者がめずらしいほどだ」

「そうなのですか……」

「明日は非番だ。今日は所用があって組頭とお城まで行かねばならなかったが、当分は登城《とじょう》しなくてよいからゆっくりできる」

七兵衛は嬉しそうに笑みを浮かべる。

「それじゃずっと旦那といられるのね」

「まあ、組頭の屋敷に行ったり来たりすることはあるだろうが……」

七兵衛は寝間に行くと、着替えにかかった。お清はそれを手伝う。

「今夜はどうしましょう?」

「おまえの引っ越しの祝いだ。少し奮発して、なにかうまいものでも食べに行ってもよいが、どうする?」

お清は考えた。料理屋に行くのはよいが、ここは女としてちゃんと家事や料理ができることを知ってもらったほうが得だと考えた。

「わたし、買い物に行きます。台所を見たら、なにもなかったんですよ。この刻限なので開いている店は少ないと思いますが、明日のお食事のこともありますから、今夜はわたしが手料理を作ります」

「さようか、それは楽しみであるな。よし、それならわたしも買い物に付き合おうか」

「ご迷惑でなければ」

「なにが迷惑なものか……」

七兵衛は途中で言葉を切って、少し考える顔つきをした。

「どうしたんです？」

「うん、妻に先立たれて二年がたっているが、世間体もあるし、うるさい上役の目もある。しばらくは女中ということでよいか」

「そんなのちっともかまいません」

お清が即座に答えると、七兵衛はほっと安心したような笑みを浮かべた。

「それであれば、近隣の者に堅苦しい挨拶をしにゆく必要もない。まあ、おりを見て祝言のことは相談しようではないか。それともそんなことでは不平であるか？」

「いいえ、旦那におまかせいたします」

お清は首を振って微笑んだ。

六

すっかり日が暮れて、空に星が見えるようになった。

春斎と寅吉は、世田谷村の上宿《かみしゅく》まで来ていた。このまま自宅屋敷のある小石《こいし》川《かわ》まで向かってもよかったが、早朝から歩きづめである。

「寅、慌てて帰ることもなかろう。それに、二子の渡しをわたったところで、やつらの足取りがわからなくなった」

「それじゃどうします？」

「この近くで一泊して、明日の朝、一度屋敷に帰ろう。おまえも疲れているだろう」

「へえ、そう見えますか？」

寅吉はへばった顔をしていたが、ぎょろ目を瞠って、おどけたように胸を張った。

「強がるな。おれも疲れているんだ」

「旦那がそういうんだったら、そうしましょう」

世田谷村には上宿と下宿があり、あわせて三十六軒の伝馬役《てんまやく》を申しつけられている家があった。その中には旅人を泊めてくれる家があると、春斎は聞いていた。

東海道を上り、そして矢倉沢往還を辿って江戸に戻ってきた恰好だが、矢倉沢往還は世田谷の辺りから、江戸方面になると、青山道、あるいは二子道・相州道と呼ばれもするが、江戸の者たちは大山道と呼ぶことが多かった。

泊めてくれる家はすぐに見つかった。

甚蔵《じんぞう》という百姓の家で、春斎を八州廻りだと知ると、上を下へのもてなしである。

「かまわずともよい。こうやって畳の上で寝ることができれば、それで充分なのだ」

春斎がその慌てぶりを見かねていうと、

「お役人さまに泊まっていただくのですから、粗相があってはいけません」

と、年のわりには髪が黒々している女房がいう。

「よいから、よいから。おれたちは勝手にやる。これだけ馳走を出されても食い切れるものではない」

「それに、おれたちゃ内密な話もあるんだ。放っておいてくれるか」

寅吉が言葉を添えたので、甚蔵と女房は恐縮の体《てい》でさがっていった。

春斎と寅吉の前には、塩むすびに煮染めや漬け物、川魚の煮付けなどが並んでいた。酒はどぶろくであったが、大変な気の遣いようである。

通されたのは広座敷の横の六畳間で、蚊遣りが焚《た》かれていた。日が暮れたせいで、幾分風が涼しくなっている。短い夕立があったのも、涼しさを手伝っているようだ。

「やつらはなぜ江戸に戻ってきたと思う？」

春斎は煮染めをつつき、どぶろくを舐めて寅吉に聞いた。

「在より江戸のほうがいいからでしょう。それに金の使い道もあるし、考えてみれば在にいるより江戸のほうが目立ちません」

「……まあ、そういうこともあろう。だが、おれは金ではないかと思っている」

「金……盗んだ金ということですか……」

「やつらは有り金全部を持って逃げてはいない。源三からもそう聞いているし、蝙蝠安の手下たちもたいした金は持っていなかった」

春斎は日向村で蝙蝠安の手下を斬り捨てたあとで、ぬかりなく持ち物を調べていた。

「おそらく、盗んだ金はどこかに隠してあるはずだ。それが江戸かもしれぬ」

「なるほど、いわれてみれば、そう考えるのが当たっている気がします」

「盗んだ金を、やつらがしばらくとどまっていた藤沢宿に隠しているなら、当然そっちに向かったはずだ。ところが、東海道の脇往還になる矢倉沢往還を使って江戸に戻ってきた。金は江戸に隠してあると考えていいだろう。それから……」

春斎は芋の煮染めをつまんで頬ばった。

「それから、なんでしょう」

寅吉も芋を頬ばってもぐもぐやる。

「おそらくやつらは、おれたちが追っていることに気づいていないはずだ。日向村で、すっかりまいたと考えているだろう。そして、おれがやつらを見失ってあきらめたと考えているかもしれぬ」

「では、油断しているってことになりますね」

「油断はしておらぬだろう。安蔵は悪知恵のはたらく男だ。あらゆることを考えて、警戒しているはずだ。ひょっとすると、源三がその金の隠し場所を口にしたと思い込んでいるかもしれぬ。そうであれば、金の隠し場所に近づくためには相当の用心をするはずだ。なにしろ江戸市中には、安蔵一味を捕縛するための触れがまわっている。御番所《ごばんしょ》の同心や、火盗改めにも気を配るだろうし、変装も考えられる」

「すると、やつらは江戸に戻って来たのはいいが、すぐには動かないってことじゃ……」

「様子を見るだろうな。金の在処《ありか》に捕縛の網が張られていないか、見張りがついていないかと……」

「しかし、肝心のその金の在処がわかりません」

「それなんだ」

春斎は苦々しい顔をして、どぶろくを舐めた。やけに甘かった。

「どこに金を隠しているかだ。それがわかっていれば、仕事はやりやすいのだが、これがわからぬからな」

「しかし、その場所を突き止めなければなりません」

「そのとおり。だが、どうやって突き止めればよいか、いまはなんの手立てもない」

「困りましたね」

「明日は御用屋敷に行くが、そのとき火盗改めと御番所の動きがわかるだろう。それから蝙蝠安の残党が捕まっているかもしれぬ」

「捕まっているだけじゃなく、金を差し押さえていたらどうでしょう」

「そうであればこっちのものだ。やつらは必ず、金の隠し場所に行くはずだからな」

春斎は塩むすびに手をのばして言葉を足した。

「今夜は早く寝て、明日も早く発つことにしよう」

七

渋谷道玄坂町《しぶやどうげんざかちょう》で一夜を過ごした蝙蝠の安蔵と次郎、そして用心棒の牧野新五郎は、渋谷川沿いの道を辿っていた。

そのまま歩きつづければ、穏田村《おんでんむら》・原宿村《はらじゅくむら》を通り、千駄ヶ谷《せんだがや》に至る。渋谷川は玉川上水を源流としているが、一部は彦根藩下屋敷《ひこねはんしもやしき》の池からも流れてきている。

水面が朝日をきらきらと照り返している。

あぜ道には夜露に濡れた青い露草や、禊萩《みそはぎ》が見られた。

「安蔵、いったいどこへ行くんだ」

あとをついてくる次郎が、声をかけてきた。安蔵は返事をせずに歩きつづける。背後で次郎が苛立《いらだ》つのがわかる。

「どこへ行くんだって聞いてんだ！　聞こえねえのかッ！」

「四の五のいうんじゃねえ。黙ってついてきな」

安蔵は前を向いたまま返事をした。

青い稲田が風にそよいでいる。その上を燕たちが飛んでいた。

「待てッ」

次郎の強い声に、安蔵は立ち止まって振り返った。次郎の顔が赤くなっている。

「金を取りに江戸に戻ってきたんじゃねえのか。それなのにどこへ行こうってんだ。方角がちがうじゃねえか」

「てめえ、どこに金を隠してあるのか知ってるのか？」

安蔵は冷え冷えとした目で次郎を見つめた。内心で、

（この野郎、おれを出し抜いていたのか……）

と、訝《いぶか》った。

「知らねえさ。てめえが教えてくれねえからな」

次郎はばつが悪そうに、視線をそらした。安蔵はそれが気に入らなかった。これまでさんざん次郎には手を焼いてきた。ガキのころからの付き合いだから、どんな人間だかよくわかってはいるが、裏切られたことはない。

しかし、たったいま次郎に不信感を抱いた。次郎が言葉をついだ。

「田舎に引っ込んで、こそこそ逃げるのがいやだから、仲間が少なくなったたか

ら、江戸に戻ってきたんだろう。金を取るためにな。そう決めたんじゃなかったのか」

「ああそうだ」

「それじゃ、なんでこんなところをうろついてんだ？　金の隠し場所はこんなとこじゃないはずだ。それとも移し替えたのか……」

「てめえ、金の在処を知ってんのか？」

「知らねえさ」

「だったら、なんでそんなことをいいやがる。さも知っていそうな口ぶりだ」

「大方の見当がついてるからだ。伏見屋から金を奪って逃げたときのことを考えりゃわかることだ。他の仲間も見当はつけていた。新五郎さんも、うすうすあの辺じゃねえかと思ってるでしょう」

次郎は、引きちぎった草を口にくわえている新五郎を見た。安蔵もその反応を窺うために、新五郎を見た。

「おれにはたしかなことはわからぬが、まあこっちじゃないような気はする。だが、安蔵には考えがあるんだろう。ことを急くこともない」

安蔵はその言葉を聞いて安心した。新五郎は裏切らないだろうと思った。

「考え……。安蔵、どんな考えがあるってんだ？」

新五郎の言葉を引き取って、次郎がねばつく視線を向けてくる。

「疲れる野郎だ。おれのやることを、いちいちてめえに話す必要はねえ。黙ってついてくりゃいいんだ。文句たれんじゃねえ」

「気取った口を利くんじゃねえ、べらぼうめ！」

頭に血を上らせた次郎は、長脇差を引き抜いた。すぐに「次郎、落ち着け」と、新五郎がなだめたが、

「新五郎さん、かまわなくていいです」

といって、安蔵は次郎に近づいた。

「おれを斬るってェのか？」

安蔵は目を怒らせていた。

次郎は押し黙ったままだ。刀をにぎった手に力を入れている。

「まさか、理兵衛を知ってたんじゃあるめえな」

「理兵衛……そいつァ誰だ？」

次郎は細い目を瞠った。

安蔵は口辺に笑みを浮かべた。理兵衛を他の仲間に会わせてはいない。ただ、

お清だけは知っているが、そのお清も金の在処は知らない。

「金を隠したのは理兵衛だ。だが、理兵衛は火盗改めに捕まった。もし、理兵衛がしゃべってれば、金はもうないってことだ」

「なんだと、なぜいまごろそんなことをいいやがる、それじゃなんのために江戸に戻ってきたんだ」

「金は一つ所に隠してあるんじゃねえ。理兵衛も知らねえ場所に金は隠してある。もっともその金は、前の〝仕事〟で稼いだもので、つぎの〝盗《つと》め〟のための支度金だ。それを取りに行く。江戸で身をひそめるにゃ金がいる。そうじゃねえか」

「ま……」

次郎の短気はようやく治まったようだ。

「次郎、いっておくが、おめえが今日まで無事に生きてこれたのは、誰のおかげだかよく考えるんだ。別にてめえに恩を売る気はねえが、てめえの短気と浅知恵にゃずいぶん付き合わされてきた。そのために何度も危ない目にあった。そのとき助かったのは誰のおかげだ。おれだ。おれがいなけりゃ、てめえはゴロツキに殺されていたか、町方に捕まって磔《はりつけ》になっていたのが落ちだ。その首を大事にしたいんだったら、黙ってついてこい。これからおれに逆らったら容赦しねえ」

安蔵は、次郎があやまって人を殺したと、青くなってやってきたとき匿《かくま》ったことがある。また、賭場で負けが込んで暴れたことがあった。そのとき、次郎は博徒一家に追われていたが、安蔵が話をつけて穏便《おんびん》にすませたこともある。その他にも些細《ささい》なことがいくつもあった。

「…………」

「わかったか」

次郎はふて腐れたように「ああ」、と応じて、抜いた刀を鞘《さや》に戻した。

しばらく三人は気まずい沈黙を保って歩きつづけた。

「安蔵、それでどこへ行くんだ」

新五郎がしびれを切らしたように聞いてきた。聞かれた安蔵は一度、次郎を見てから答えた。

「この先に竜岩寺《りゅうがんじ》って寺がありやす。〝円座《えんざ》の松《まつ》〟と呼ばれる笠松《かさまつ》で有名な寺で、その墓地に隠してあるんです」

「なんで、そんなとこに……」

次郎が聞いてきた。さっきの短気はすっかり治まっている。

「お先《さき》という女がいただろう。もう、ずいぶん昔の女だが、そいつの家の墓がそうだ。ちょいと拝借してんだ」

「お先……ああ、あの女か……」

次郎はお先を思いだしたようだ。だが、それ以上はなにもいわなかった。

ほどなくして竜岩寺の笠松が見えてきた。三人は寺をまわり込んで、勢揃坂《せいぞろいざか》を上って竜岩寺の境内に入った。蟬の声がかしましい。

寺はひっそりしている。三人は墓参りを装って、墓地の奥まで行って足を止めた。

土盛りの上に卒塔婆《そとうば》が立っている。そこに、お先の名があった。

「あの女、死んでいたのか……」

次郎が気づいていう。

「もう遠い昔のことだ。次郎、手を貸せ。金はそっちじゃねえ。こっちの墓だ」

お先の墓の横に、小さいながらもちゃんとした石の墓があった。ただし、墓石は風雨にさらされ苔が生えており、墓のまわりには雑草がはびこっていた。

安蔵と次郎は、墓の裏側の石蓋を開けた。その瞬間、安蔵は「あっ」と、小さな驚きの声を漏らして、信じられないというように目を見開いた。

第四章　賊の女

一

「なんだ？」

次郎が見てきた。

「ない」

安蔵はつぶやくようにいって、穴の中に手を差し入れて引っかきまわしたが、手に触れるものはなかった。

「ここに、金の入った手文庫を埋めていたんだ。だが、ない。いってえ、どういうことだ」

「墓をまちがったんじゃねえか」

「そんなことはねえ、おれがここに隠したんだ。それを知っているやつァ誰もいねえんだ。ちくしょう……。どういうことだ」

安蔵はぼやきながら、もう一度穴の中に手を突っ込んだが、同じことだった。

「誰だ、いったい誰がこの金を……」

安蔵は呆然と立ちあがってまわりを見たが、自分たち以外に人の姿はない。

「くそッ、どういうことだ」

安蔵はなおも穴の中をのぞき込むが、そうしたからといって手文庫は影も形もない。

「ここに隠したのを知っているやつがいたんじゃねえか」

「そんなことはねえ。ここの手文庫のことは誰にも漏らしちゃいねえんだ」

「いくら入っていたんだ？」

新五郎だった。

「数えちゃいませんが、百両はあったはずです」

新五郎はため息をついた。それからどうすると聞く。安蔵は視線を彷徨《さまよ》わせて、

「こうなったら、あの金だけが頼りだ」

と、つぶやいて、遠くの空に視線を投げた。

二

関東取締出役（八州廻り）の御用屋敷は、馬喰町《ばくろちょう》にある。土地の者が郡代屋敷《ぐんだいやしき》と呼ぶように、ここは関東代官の一人、榊原小兵衛《さかきばらこへえ》の役宅も兼ねていた。八州廻りの長屋もあれば、犯罪者を留め置く仮牢も備わっている。

春斎もかつてはこの屋敷内の長屋に住んでいた時期があった。いまは小石川同《どう》心町《しんちょう》の拝領屋敷住まいである。

春斎が小兵衛の用部屋を訪ねたのは、朝五つ（午前八時）過ぎだった。

「それで首尾よく賊を捕らえたのだな」

春斎がひととおりの挨拶をするやいなや、小兵衛がたしかめるように聞いてきた。五十代半ばの男だが、肌つやも血色もよい。本人の弁だが、二十年前と少しも変わっていないというぐらいだから、よほど頑健で摂生《せっせい》がゆき届いているのだろう。

「残念ながら、賊の頭《かしら》である蝙蝠の安蔵は取り逃がしてしまいました」

春斎はそう前置きをして、ざっとその経緯を話した。

「すると、安蔵は仲間二人を連れて江戸に戻ってきたと……」

「さようです。江戸に入ってからの足取りはわかりませぬが、おそらく隠している金を取りに来たのではないかと推量いたします」

「すると、金の隠し場所を探りださねばならぬということか……」

「いかにもさようですが、安蔵らを探す手掛かりも、またその金の在処《ありか》もわかりません。しかし、安蔵は知恵者です。おいそれと金の隠し場所には近づかないと考えられます。用心に用心を重ね、安心だと思えるまでは、その場所には近づかないでしょう」

「ふむ……」

小兵衛は扇子《せんす》を開いてあおいだ。

「市中には町方と火盗改めの目が光っています。安蔵は自分が手配りされているのは重々承知しておりますゆえ、探索の目に相応の注意を払うはずです」

「当然であろうな」

「しかしながら、今日明日にも、いやひょっとすると、すでに金の隠し場所に行っていることも考えねばなりません。すでに金を引きあげて、逃亡したとなれば、また厄介なことではありますが……」

「おぬしには、なにか考えがあるのではないか」

小兵衛が怜悧《れいり》な目を向けてくる。

「此度《こたび》のお役目は火盗改めからの相談でございました」

「いかにも」

「賊を逃がしたのでなにもわからないでは、火盗改めへの申し開きもできないばかりか、八州廻りの沽券《こけん》にも関わります。しかしながら、いまはどのような手を打てばよいか、正直なところ困っておる次第です」

「春斎、そのような顔をしておる。それにおぬしの申すとおりだ。このまま賊を放っておくわけにはいかぬ。賊一味は金のために、十一人の命を奪ったうえに街道筋でも人を殺《あや》め、金を盗むという罪を重ねている。そんな外道をのさばらせておくわけにはいかぬ。しかし……」

小兵衛は、どうしたものかなといって、扇子を閉じ、しばらく考える目を表に向けた。蟬の声がわいている。夏は盛りだが、風が吹き抜けているので、座敷はわりと涼やかだった。

「お代官、一つ考えがあります」

春斎の声で、小兵衛が顔を戻した。申せ、と促《うなが》す。

「理兵衛という賊の仲間が捕らえられておりましたが、その理兵衛の持ち物その他を見ることはかないませんでしょうか。また、新たな手掛かりになるものがないか、そのことを火盗改めにお訊《たず》ねいただけませんでしょうか……」

「ふむ、そうだな」

小兵衛は脇息《きょうそく》を指先でトントンと短くたたいて、口を開いた。

「今日のうちに掛け合ってみよう。それも早いほうがよかろう」

「お願いいたします」

「苦労するな」

小兵衛が情愛に満ちた眼差しを向けてくる。

「いえ、役目ですから苦労などとは思いもいたしません」

「ハハハ、おぬしらしいことを。やはりわしの目に狂いはなかったな。そのことをつくづく思う今日このごろだ。おぬしのはたらきには、わしだけでなく留役《とめやく》の木村《きむら》さまも大いに満足をしておられる」

小兵衛は楽しそうに春斎を眺める。

じつは、浪人だった春斎を八州廻りに取り立てたのは、小兵衛なのだ。木村というのは、公事方《くじかた》勘定奉行の下で実務を取り仕切っている留役の木村孫之助《まごのすけ》のことである。

付け加えるならば、通常、八州廻りへの命令下達《かたつ》は、公事方勘定奉行――評定所留役――四代官――各取締出役（八州廻り）という順になる。

今回の「蝙蝠の安蔵」一味の追跡は、変則的なことで、火盗改めからの協力依頼であった。この辺の臨機応変さを発揮できるのは、小兵衛の才覚であるし、器量の大きさといえた。

「とにかく、火盗改めにはこれからでも掛け合うことにする。おぬしは一度自宅屋敷に戻っておれ。すぐに返事が来るかどうかわからぬからな。旅の垢を落とすぐらいの暇はあろう」

「それでよろしいので……」

「よいよい。おぬしもなにかと気の休まらぬ役目が多いからな。さあ、段取りは決まった。わしは外出の支度をしなければならぬ」

小兵衛はそういうと、さっと立ちあがった。

三

津森七兵衛は、昼間だというのにお清の誘いかけに我慢ならず、敷きっぱなしの夜具の上で汗だくになっていた。上になったり、下になったりを繰り返し、ついにいっしょに果てた。

二人は一糸まとわぬ姿で、一時の余韻を楽しむように抱き合っていた。乱れた呼吸が少しずつ整ってゆくが、お清の豊かな胸から鼓動の速さが伝わってくる。

七兵衛はお清の後《おく》れ髪をそっと指先ですくい、そのまま指を耳の下からうなじに這わせた。明るい光の中で見るお清の肌は、透けるようになめらかだったし、その白さは際立っていた。

「おまえという女は……」

七兵衛はお清の胸の谷間に浮かんでいる汗を、そっと舌先で舐めてやった。

「わたしがどうしたんです。ねえ、旦那、なあに……」

お清が甘ったるい声を漏らしながら寝返りを打って、七兵衛に顔を向けた。鼻と鼻が触れあっている。

「これでは、わたしはおまえと離れることができぬではないか」

「ま、それじゃ旦那は、いずれわたしと別れようと思っていたんですか。それなのに、この家に呼んだんですか……」

「馬鹿、意地の悪いことをいうでない」

七兵衛は自分の額《ひたい》を、お清の額に押しつけた。

「わたしも旦那とは離れられそうにないわ」

七兵衛はますます愛《いと》おしくなる。

「ねえ、旦那」

「なんだい」

「もっと、いい暮らしをしたくありませんか」

「そりゃあ、そうできればありがたいが、なかなかうまくいかぬのがこの浮き世だ」

「旦那はお先手組ですからね」

「出世のかなわぬ同心だ。おまえにも満足のいくことはしてやれぬかもしれぬ」

「そんなのわたしはどうでもいいんです。旦那といっしょにいられれば、それで幸せなんだから……」

「嬉しいことをいうやつだ。先立つものがもっとあれば、少しは贅沢をさせられるのではあるが、それもなかなか思うようにはいかぬ」

「でも、こんな立派なお屋敷に住んでいられるんだし……」

「そうはいっても、お上からお貸しいただいているだけだ。自分の持ち物ではない」

「それじゃ旦那は、満足していないの……」

「欲をいえば切りがないが、もう少し実入りがよければと思うことはたびたびある。この組屋敷の中には、内職をしている者もいる。わたしには少しの家禄《かろく》があるから、内職をすることはないが、中間や女中を節約している。そうしなければ、人並みの暮らしが立たぬのだ。おまえが来てくれて助かっているよ」

七兵衛はお清の髪をやさしくなでた。

「旦那……わたしね……」

「なんだ」

お清は躊躇《ためら》うように短い間を置いた。

縁側に吊るしてある風鈴が、チリンチリンと鳴った。

「ひょっとすると、金持ちになれるかもしれないんです」

七兵衛は表情を固めて、天井を見つめた。お清はつづける。

「ある場所に大金が埋めてあるかもしれないんです。もし、旦那が手伝ってくださるなら、そのお金はわたしたちのものになるかもしれません」

七兵衛はまばたきもせずに天井の一点を見つめる。なんのことだか、すぐに察しがついた。蝙蝠の安蔵一味が盗んだ金のことをいっているのだ。

やはり、この女は盗賊の女なのだと思う。しかし、お清のことを知っている者は、誰もいない。自分一人だけだ。

増役を命じられた同じ先手組の者も、加役として火盗改めについている者も、お清には気づいていないはずだ。いや、絶対に知らないはずだ。

「大金が埋めてあるって、いったいいくら埋めてあるというんだ」

「よくはわかりませんけど、百両、いえ三百両……ひょっとすると、もっとかもしれない」

一味が盗んだ金だなと、七兵衛は心中で思う。その金を見つければ、手柄になる。褒美もいただけるだろう。出世の糸口もつかめるかもしれない、と思いもする。だが、その一方で別の考えも芽生えていた。

「そんな金をいったい誰が……人のものじゃないのか」

「そうかもしれないけど、きっと悪いことをして稼いだお金に決まっているわ」

「見つかったらことだぞ」

「盗んでもお咎《とが》めは受けませんよ」

「なぜ、そうだといえる」

「旦那、二人だけの秘密よ。絶対に人にはいわないと約束してくれる」

お清がまっすぐ見つめてくる。

「……ああ、約束しよう」

「ほんとですよ」

「ほんとうだ。そう焦らさずに早く教えてくれ」

「わたしが貸座敷《かしざしき》に勤めていたことは、旦那、知っていますよね。そのときに、ある人の話を聞いてしまったんです。聞くつもりはなかったんですけど、つい聞こえてきて……」

そういってお清は話しはじめた。

米沢町《よねざわちょう》の貸座敷で仲居としてはたらいていたお清は、ある日、小座敷に入った客の受け持ちになった。

客は二人だけで、見るからに裕福そうな中年の男だった。どこの商家かはわからないが、おそらく大店《おおだな》の主人だと思われた。

お清が料理膳を調《ととの》えると、その客は人払いだといった。人に聞かれたくない内密な話があるのだろうと、お清は廊下に控えた。

そういった客はめずらしくなかったので、手をたたくか、声で呼ばれるかしないかぎり、客座敷には近寄らなかった。それが店の決まりでもあったし、客に対する礼儀だった。

しかし、そのときの客は、内緒話をするには、少し声が高かった。お清は断片的に聞こえてくる声に興味を持ち、耳をすました。

それでも、すべての話を聞いたわけではなかった。

「……数百両……分け前……寺……六……番目……一年か半年……」

拾えた言葉はそんなものだった。


「それで、なぜ大金が埋めてあると思うのだ」

大まかな話を聞いたあとで、七兵衛は口を挟《はさ》んだ。おそらく半分は作り話だと思ってもいた。

「あとでよく考えたんです。そのときの客は、一人が島流しになり、もう一人は誰かに殺されたのかどうかわからないけれど、土左衛門《どざえもん》で鉄砲洲《てっぽうず》の海からあがったんです」

これも作り話だろうと思いながらも、七兵衛は黙って聞く。

「だからあのときの二人は、もうこの世にはいないんです」

「そういうことになるだろうな……」

「すると、あの二人が埋めて隠しているお金は、誰のものでもない。そうなりますね」

「まあ、そうなるのだろうな」

「旦那、気の抜けたような返事をしないで、ちゃんと聞いてください」

「ちゃんと聞いてるさ」

「わたしずっとそのことを考えていて、大まかだけど、見当がついたんです。だから、それをたしかめたいの。一人じゃ心細いけど、旦那が手伝ってくだされば心強いし、あの話がほんとうなら、わたしたちは大金持ちになれるんです」

お清が見つめてくる。

七兵衛も見つめ返した。心が揺れていた。伏見屋から蝙蝠の安蔵一味が盗んだ金は、八百両だといわれている。そっくりそのままなくても、五百両……いや、安く見積もって三百両としても大変な金高《かねだか》である。一生、先手組を勤めても稼げない金だ。

「大まかに見当がついたといったが、それは……」

「旦那、起きよう。大事な話だから、ちゃんとしてから……」

お清はそういって半身を起こした。

四

「いったいどこへ行ってんでしょうね」

寅吉があぐらをかいて、お龍の行方を気にする。春斎がいったん自宅屋敷に引きあげるというと、寅吉もお龍に会いたいので、いっしょしたいとついてきたのだ。春斎も御用屋敷から知らせがあったとき、また寅吉を呼びにいくのが面倒なので黙認したのだった。

春斎は廻村中に着ていた着物を脱ぎ捨て、新しい小袖を羽織りなおしている。

「このとおり家は開け放しだ。近所に買い物にでも行っているのだろう。じきに帰ってくるさ」

「まさか、旦那が留守をしている間に移り気を起こしたなんてことはないでしょうね。お龍さんはいい女だからな……」

「馬鹿なことを申すな」

春斎は寅吉の心配など気にせず、鼻先で笑い、帯を締めにかかった。キュッキュッと心地よい音がする。

お龍は京の団子茶屋の女だった。槍修行に行っていた寅吉は、その店でお龍と知り合い、そのままいっしょに江戸に戻ってきたのだった。

お龍の目的は、春斎に会うことだった。じつは、春斎とお龍は若いころに、京で知り合い、心を通い合わせたことがあった。

もっともそれは一時のことであったし、春斎も剣の道を究《きわ》めるための武者修行の旅をしていたので、お龍のことはよき思い出として、心の片隅に残していただけだった。

ところが忘れかけたころに、お龍が江戸にやってきたのだ。それも春斎が、独り身をとおしているのなら、添わせてもらいたいという思いを抱いていたのだった。

突然のことに春斎は周章狼狽《しゅうしょうろうばい》したが、もちろん拒《こば》みはしなかった。拒むどころか、人生の中で忘れられない唯一の女だったから、快く迎え入れたのはいうまでもない。

「旦那、お龍さんが帰ってくる前に湯屋でも行ってきたらどうです。垢まみれ汗まみれの廻村だったんですから」

「そういうおまえこそ湯を使ってきたらどうだ。無精ひげがぼうぼう生えているぞ」

「ヘッ、ほんとうですか。そりゃいけねえ」

寅吉は慌てて自分の顎のあたりを掌《てのひら》でこする。剽軽《ひょうきん》でおどけた男だから、春斎はその仕草がおかしくて短く笑った。そのとき、表からにぎやかな声が聞こえてきた。

「では、また頼みますよ。わざわざ送ってもらって、ありがとうございました」

お龍だった。それからすぐに下駄音が玄関に近づいてきて、

「あら、どなたか見えているの……」

と、土間の履き物を見て、おそるおそるお龍が入ってきた。

「どなたか見えていますよ」

寅吉がおどけた言葉を返すと、お龍は二人に気づいて、とたんに相好《そうごう》を崩した。

「お帰りだったのですか。それじゃお役目が終わったのですね。はァ、よかった。無事にお帰りになって……」

お龍は胸をなでおろすようにいって、嬉しさを隠しきれないという顔を春斎に向けた。

「さっき、帰ってきたばかりだが、また出かけることになる」

「えッ、それじゃゆっくりできないのですか」

春斎の言葉に、お龍は笑みを引っ込めた。涼しい目許が淋しそうに翳る。

「まだ探索《たんさく》が終わっていなくてな。だが、江戸から離れることはないだろう」

お龍は、今度は少し救われた表情になった。

「とにかくお疲れでしょうから、ゆっくりなさってください。お昼はすませたのですか？」

「軽く食っただけです」

寅吉が答える。

「それじゃ、なにかお作りしましょう」

「ありがたい」

「寅、あんたにいってるんじゃないの」

「ヘッ、どうせあっしはおまけみたいな男ですからね」

寅吉がおどけると、どっと笑いが起きた。

「心配しないで、ちゃんとあんたの分も作ってあげますわよ」

「表で話していたのは誰だ？」

座敷であぐらをかいた春斎は、団扇《うちわ》を取ってから聞いた。

「洗い張りを頼んだんです。手代さんが近所に届け物があるからと、ご親切にそこまで送ってくださったんですよ」

「角の洗濯屋か……」

春斎は団扇をあおぎながら応じて、庭を眺めた。鉢植えの朝顔があり、庭の雑草が手入れされている。家の中も掃除が行き届き、整然としていた。

「旦那、その洗濯屋の手代、ひょっとするとお龍さんに気があるのかもしれませんぜ」

寅吉が身を乗りだしてきて声をひそめる。

「親切にされるのは悪くない」

「そんなこといって……心配じゃないんですか」

「余計なことをいうのではない。それともおれに気を揉ませようというのか」

「いえ、そういうわけじゃありませんが……へへ、でもお龍さんすっかり江戸言葉になっているじゃないですか」

お龍は江戸にやってきたときは、まだ京言葉を使っていた。

「物覚えがいいんだろう」

「はあ、そういうことでしょうね」

埒《らち》もないことを話していると、お龍が手際よく食事の膳を運んできた。

「まさかお帰りだと思わなかったので、これくらいしかありませんけど……」

「充分だ」

膳部にのせられているのは素麵《そうめん》だった。それに冷や奴が添えられていた。

「あとで買い物に行きますから夕食は、少し奮発しましょう。お酒どうします？　つけますか？」

「いや、酒は遠慮しよう。御用屋敷から使いがやってくるかもしれぬのだ」

「お忙しいのですね」

少し落胆顔でいうお龍は、素麵をすする春斎と寅吉に穏やかな眼差しを向けた。

「うまいッ。やっぱり、ついてきてよかった。こうやって、お龍さんの手料理にありつけたんですからね」

寅吉が軽口をたたけば、お龍が言葉を返す。

「あんた、ちゃんと役に立っているの。まさか足手まといになってるんじゃないでしょうね」

「そんなことはない。これは、なかなかよくはたらいてくれるので、助かっている」

春斎がそういうと、寅吉は得意そうな顔をして、

「そういうことですよ」

と、お龍に笑ってみせる。

御用屋敷からの使いは、なかなかやってこなかった。春斎はいつでも出かけられる支度をしていたが、風鈴の音を聞きながら短い昼寝をした。

目が覚めたときには、日が弱まっており、庭に影が射していた。寅吉も図々しく同じ座敷で昼寝をしており、グウグウと鼾《いびき》をかいていた。

庭の木と草花に水をまいていたお龍が、目を覚ました春斎に気づいて、ひょいと首をすくめた。

「よっぽどお疲れだったのですね。寅ったら、下品な鼾を……」

お龍は鼻の頭にしわをよせて微笑む。そのとき、玄関に声があった。

春斎が出ると、御用屋敷の小者・久兵衛《きゅうべえ》だった。

五

縁側に座っている津森七兵衛は、暮れ行くを空を眺めていた。伝通院《でんづういん》境内から
わいている蟬の声が高くなっている。
風の向きが変わったらしく、焚《た》いている蚊遣りの煙が鼻先を流れていった。七
兵衛は膝の上に置いた書き付けに視線を戻した。
お清が口にしたことをまとめたのだ。そこには寺の名が書かれていた。
・品川寺《ほんせんじ》
・太宗寺《たいそうじ》
・真性寺《しんしょうじ》
・東漸寺《とうぜんじ》
・霊巌寺《れいがんじ》
・永代寺《えいたいじ》
江戸六地蔵の寺だった。
お清はいった。
「わたし、あの二人がどこに住んでいたのか、あとで気になって調べてみたんで

す。すると、一人は深川で、もう一人は品川でした」

だから、二人に縁のある寺は、深川の永代寺か、海辺新田《うみべしんでん》にある霊巌寺、そして品川の品川寺だといった。

なぜ江戸六地蔵の寺なのだと聞けば、

「だって、あの二人の客が六とか寺とかいってたんですもの」

と、答えた。

だが、七兵衛はそうではなく、ほんとうはお清が蝙蝠の安蔵の話を盗み聞きしたのだと考えていた。もちろん、自分が勤めていた店で聞いたのではないと。当然、死んだ二人の客のことも作り話だろう。

もっとも、ほんとうに鉄砲洲で死んだお店者《たなもの》や、島流しになったお店者がいるかもしれない。しかし、そんなことはどうでもよいことだった。

お清は蝙蝠の安蔵の女だったか、もしくは一味の仲間だったはずだ。

七兵衛がお清の存在に気づいたのは、伏見屋が襲われて主家族と奉公人も含めて十一人が殺され、金蔵が破られたという事件が発覚したあとだった。火盗改めに増役として探索の掛《かかり》を手伝ったときだった。

そのとき、襲われた伏見屋のことをあれこれ調べていたのだが、七兵衛に任されたのは、およそ事件の本筋から離れた聞き込みだった。

ところが、そのとき梅太郎《うめたろう》という伏見屋の手代が、女房に隠れて浮気をしていることを知った。

七兵衛は、どうせ事件とは関わりはないだろうが、なにもしないよりはましだと思い、その浮気相手のことを調べてみた。すると、その相手が以前、米沢町の貸座敷に勤めていたお清だとわかった。

貸座敷の者は、梅太郎とお清の関係は知らなかったが、ある男のことを口にした。それは、富沢町《とみざわちよう》の作右衛門店《さくえもんだな》に住む信三郎《しんざぶろう》という男だった。なにを稼業にして暮らしているのか長屋の者は知らなかったが、半年ほど前からお清がその長屋にたびたび訪ねてきては、ついにいっしょに住むようになったといった。

ところが、その辺りからの話に七兵衛は疑問を抱いた。

信三郎は伏見屋の事件が起こる半月ほど前から家に帰らず、ときを同じくしてお清も仕事を辞めていた。

そして、事件が起きると、信三郎の行方はわからなくなり、長屋に戻ってこなくなった。お清もその長屋には近づかず、自分が借りている長屋に戻っていたが、三日ほどで本郷竹町の一軒家に越したのである。

その明くる日に、捕縛された理兵衛という男が、伏見屋襲撃の首謀者の名を口にし、人相書きが作られた。それを見たとき、七兵衛は、ハッと顔をこわばらせた。

作右衛門店で聞いた信三郎の顔つきや年恰好や特徴に、よく似ていると思ったのだ。

しかし、単なる自分の思い込みかもしれない。そうであれば恥をかくか馬鹿にされると思い、まわりの者にはなにもいわなかった。

だが、七兵衛はこう推量した。

(信三郎が賊の首領である、蝙蝠の安蔵なら、お清はその女で、伏見屋に押し入る手はずを整えるために、わざと手代の梅太郎に近づいたのではないか……)

梅太郎は手代だから伏見屋の造りを熟知している。それに、いつ伏見屋の警戒が手薄になるかもわかっている。

つまり、お清はうまく梅太郎を口説き落として、伏見屋のことをあれこれ聞きだしたのだ、と七兵衛は考えた。

また、梅太郎は女房持ちだし世間体もあるから、お清のことは隠していたはずだ。しかし、二人の密会を見た者がいたのだ。それを、七兵衛が聞いて不審を抱

いたのだが、

（いまや、とんでもないことになっている）

と、七兵衛は良心の呵責《かしやく》に耐えかねていた。

七兵衛は真相を知るために、お清に接近し、うまく話をすることになったが、気づいたときには、自分の心はお清の虜《とりこ》になっていた。そして、いま同じ屋根の下に住むようになっている。

（こんなことでよいのだろうか……）

七兵衛は心を苛《さいな》みながら、膝に置いた書き付けに、もう一度視線を戻した。

賊は伏見屋に押し入ったあと、金を盗んで柳橋の舟着場から舟で逃走したことはわかっている。さらに、捕縛された理兵衛は、蝙蝠の安蔵一味は東海道を上って逃走しているとも白状していた。

そのことを考えて、書き付けと照らし合わせると、なぜお清が三つの寺に目をつけているかが自《おの》ずとわかる。

つまり、深川永代寺、霊巌寺、そして品川寺だ。柳橋の船着場から逃げた賊は、おそらく大川を遡上しなかったはずだ。川を上るのは一苦労だし、盗人たちは先を急いでいたはずだから、川を下ったと考えるのが妥当だろう。

すると、深川にある永代寺か霊巌寺ということになる。そして、東海道を上って逃げた賊のことを考えると、自ずと南品川の品川寺になってくるのだ。

（どうするか……）

七兵衛は扇子を手にすると、ゆっくりあおいだ。いつの間にか日が暮れかかっており、隣家の屋根にあたっていた西日が消えていた。

金はほしい。大金である。貧乏同心の暮らしから抜けることもできる。そして、お清となに不自由ない暮らしができる。

お清は悪女かもしれない。盗賊の女だったのだ。しかし、お清の肌やむっちりした体を思うと、そんなことはどうでもいいと思いもする。

ただ、怖いと思うのは、蝙蝠の安蔵が江戸に戻ってきてお清を探しに来たときのことだ。お清は男にとって魅力的な女だ。お清の体を知っている男なら、たとえ盗人であろうと手放したくないはずだ。

いや、もし、お清がいう場所に大金が隠されているなら、賊は必ずその金を取りに戻ってくるはずだ。賊が一網打尽にされないかぎり、お清も金も自分のものにはならない。

玄関のほうでお清の下駄音がしたので、七兵衛は我に返った。

「旦那、提灯を買ってきたわ」

家に入ってきたお清が、嬉しそうな顔を向けて、買ってきた提灯を掲げた。

「蠟燭《ろうそく》も余分に買ってきましたから」

そう付け加えて、お清は喉が渇いているらしく、水瓶の水を柄杓《ひしゃく》ですくってから、

「そうそう旦那、鍬《くわ》はちゃんと用意できてますか？」

と、思いだしたように聞いてきた。

「忘れてはいないさ」

七兵衛は縁側に立てかけておいた鍬を見て応じた。

六

「待っておれ」

御用屋敷に入った春斎は、玄関横の小部屋に寅吉を待たせ、そのまま小兵衛の待つ用部屋に足を向けた。用部屋の障子は開け放してあり、部屋の中は行灯《あんどん》と燭《しょく》台《だい》に火がともされていた。

「小室春斎、参上いたしました」

「待っておった。これへ、これへ」

小兵衛が扇子を使って手招きをする。春斎がそばに行って座ると、

「火盗改めの筆頭同心・青木弥四郎《あおきやしろう》殿だ。蝙蝠の安蔵の一件は、青木殿が受け持ちである」

と、小兵衛が紹介をした。

青木は、とがり顎で分厚い唇の壮年だった。

「おおむね話は伺っております。お役目大儀でありますな。蝙蝠安が江戸に舞い戻ってきたということですが……」

「まちがいなく江戸に戻ってきています。もう少しのところで捕まえられそうになったのですが、まんまと逃げられてしまいました。その際、安蔵についている二人の男のことがわかりました。一人は牧野新五郎という用心棒。もう一人は次郎という男で、安蔵の幼なじみのようです。安蔵の人相書きはすでに加役（火盗改め）から預かっておりましたが、その二人のことがわかったので、似面絵を作り、それを頼りに足取りを追ったところ、江戸へ戻ってきたことがわかりました」

「どこまで追われました？」

「二子の渡し場までです。それからあとのことは……」

　不明だと、春斎はかぶりを振った。

「江戸市中に入っているとなれば、穏やかなことではありませんな。八州廻りに頼ってばかりはおれません。それで、お訊ねになりたいことがあると……いや、どのようなことであるかは、お代官さまより伺ってはおりますが……」

　青木は直接、春斎から聞きたいという顔を向けてきた。

「おそらく蝙蝠安は、隠している金を取りに戻ってきたものと思われます」

「なにゆえ、そのように……」

「捕縛した源三という者は、分け前はまだもらっていないと申しました。それは他の者たちも同様だと。さらに、源三の他に斬り捨てた者たちの持ち物を調べましたが、持ち金はそれぞれ十両あるかないかでございました。賊は一度江戸を離れ、ほとぼりが冷めるまでしばらく在で過ごす計画だったようです。それが三月《みつき》なのか半年なのかは、安蔵次第だということです」

「しかし、追われていることを知った安蔵は、思案の末に金を取りに江戸に戻ることにしたと……」

「そう考えてもおかしくないはずです。動くには金がかかります。おそらく持ち金が底をつきはじめているか、同行している次郎と牧野新五郎の勧めがあったのかもしれません」

「ふむ、さようなこともありましょうな」

「伺いたいのは、安蔵を追う手掛かりです。理兵衛と申す者は安蔵のことを自白していますが、拙者が聞いていることの他に新たにわかったことはないでしょうか。たとえば、理兵衛の持ち物の中に、なにか引っかかる物がなかったかどうか。あるいは、拙者の廻村中に新たにわかったことがあったのではないかということです」

春斎はまっすぐ青木を見つめた。

「さすが、名うての八州廻りという評判どおりですな。さよう、気になる物がありました。これは、理兵衛の襟《えり》に縫い込んであったものです」

青木はそういって、懐から一枚の木片を取りだして、春斎の膝前に置いた。幅半寸、長さ一寸程度の薄板だった。それには文字が書かれていた。

『六・五・七・辰巳』――。

「これがなにを意味するのか、まったくわかりません。なにかの符丁なのか、単なる魔除けみたいなお守りなのか……」

春斎は木片を凝視した。青木がいうように符丁かもしれないし、お守りなのかもしれない。しかし、襟に縫い込んでいたということは、それなりの意味があるはずだ。肌身離さず持っていたということは……。

「取り調べの際、このことを理兵衛は……」

なにもいわなかったと、青木は首を横に振った。

「盗み金をどこに隠したのか、そのことは聞かれたのですね」

「当然、聞いた。しかし、その前に理兵衛は口がきけなくなった。責めが厳しすぎたのだ。賊を率いているのが、蝙蝠の安蔵という男だということまではわかったのだが、もう一歩のところであった」

青木は悔《くや》しそうに唇を噛んだ。

「理兵衛は自ら命を絶ったと聞いておりますが……」

「それは……」

青木は視線を泳がせた。春斎にはぴんと来た。

取り調べの際の火盗改めの拷問が、いかに厳しいかは知られているところである。おそらく理兵衛はすさまじい拷問によって命を奪われたのであろう。

「死なせるつもりではなかったのですが、それが悔やまれます。ただ、理兵衛は伏見屋襲撃には、決して加わっていないといい張りました。それから安蔵の他の仲間とも顔を合わせたことがなかったと……」

「理兵衛が知っていたのは安蔵だけですか……」

「いや、二人ほどいます。一人は源三という男、もう一人は金次という男です。しかし、この二人はもうこの世にはおりません。そうですな」

青木がじっと見てくる。

その目には人を咎める色があったが、春斎は気にしなかった。もっとも捕縛した源三は、安蔵に殺されたし、金次という男は自分が斬り捨てたのだが。

「安蔵のことはどこまでわかっています？」

春斎は問いをつづけた。

「あれは深川末広町《すえひろちょう》の左官職人の倅《せがれ》で、早くにぐれて、木場《きば》の重蔵《しげぞう》一家に出入りしていた時期があったようです。その後、一家を離れてゴロツキになったまではわかっていますが、あとのことはわかっておりません。さっき、小室殿が口にされた次郎という仲間ですが、これのこともじつはわかっております。これは大工の倅で、安蔵とは幼いころからの付き合いだと。また、安蔵の女を探しましたが、これがとんとわかりませんで……。しかし、伏見屋襲撃の手口を考えますと、安蔵はどこかの盗賊に加わっていたはずです。押し入り方も逃げ方も、思いつきの盗人の仕業ではありません」

「理兵衛と安蔵の付き合いはどうなのです？」

「二人がいつからの付き合いかはわかりませんが、理兵衛は深川馬場《ばば》通《どお》りにある小間物問屋・旭《あさひ》屋《や》の手代をしていた男です。ところが粗相をしたらしく、店をやめさせられて身を持ち崩したといいます。安蔵との付き合いはそのころからだったと思われます」

「旭屋という小間物問屋……」

つぶやいた春斎は、他にもいくつかのことを聞いたが、わかっていることは少なかった。結局、死んだ理兵衛の着物に縫い込まれていた木片が見つかり、安蔵の出自《しゅつじ》がわかったぐらいである。安蔵らの金の隠し場所も見当がつかないと、青木はいう。

「江戸に戻っている安蔵らは、いまこうしている間にも、隠していた金を持って再び江戸を離れているかもしれません。そうでないことを願いますが、とにかく調べは急がねばなりません。なにかわかればすぐにでもお知らせしますが、青木殿のほうでわかったことがあれば、即座に連絡をもらえますか」

「いわれるまでもなく、そうする所存です」

先に青木が帰っていくと、小兵衛が春斎を呼び止めた。

「賊が江戸に戻っていると知った火盗改めは、手柄を自分らのものにしたいはずだ。さっき青木殿がいったことは、すべてではないと思え」

廊下の薄暗がりに立つ小兵衛の目が、異様な光を帯びていた。

「はい」

「火盗改めは賊が江戸を離れたからわしらに助太刀を頼んできたが、春斎、おぬしは賊をもう一歩のところまで追い詰めたのだ。ここまでやってきたのだ、逃がすな」

「はは」

七

「お清、やみくもに探すだけでは能がない」

七兵衛は汗びっしょりになっていた。額から汗がぼとぼと落ちるし、背中にも胸にも滝のように汗が流れている。さらに、墓場には藪蚊が多く、さっきから刺され放題で、至るところがかゆくて仕方がない。

「それじゃ旦那、どうしよう」

お清も汗びっしょりで、乱れた髪が顔にかかっている。その顔が足許に置いた提灯の明かりを受けているので、妙に不気味だった。おまけに墓場の中である。

二人は深川海辺新田にある霊巌寺の墓地にいるのだった。

「今夜は家に戻って、もう一度どうやって探すか考えなおそうではないか」

「そうですね。疲れてもきたし……。それにしてもこんなに墓があるとは……」

お清はふうとため息をつく。

「明日の昼間、もう一度来てみる手もあるのだ。なにも夜更けに墓荒らしみたいなことはしなくてもいいだろう」

「でも、昼間は人の目があるじゃありませんか」

「明るいときに見当をつけて、夜に出なおすようにしたらよいだろう」

「……そうですね」

「とにかく暑くて、蚊が多くてかなわぬ」

七兵衛は鍬を肩に担いで墓場の出口に向かう。

お清が提灯を吹き消して追いかけてくる。

「旦那、待って……」

「どうした？」

「きっとわたしたちの探し方がいけないんです。それに、この墓地じゃないかもしれません」

「それじゃ、どこだと……」

「永代寺かもしれません。明日、行ってみましょう」

「それはかまわぬが、今夜わかっただろう。墓がたくさんあることを。その中から金の在処を突き止めるのは骨が折れる。片端から墓を掘り返すわけにもいかぬだろう」

「はァ、それはそうですけど……」

「お清、おまえは二人の話を聞いているのだ。そのことをもう一度、よく思いだすんだ。なにか忘れていることがあるかもしれぬ」

お清は遠くを見る目でしばらく考えていたが、

「そうですね」

と、応じて歩きだした。

うすい雲の向こうにおぼろ月が浮かんでいる。ときどき思いだしたように夜蟬が鳴き、生ぬるい風が首筋をなでてゆく。それも墓地の中なので、薄気味が悪い。

そばを歩くお清は、いつの間にか七兵衛の袖をつかんでいた。

参道に出かかったときだった。人の声がして、提灯の明かりが見えた。

七兵衛は足を止めるなり、お清と顔を見合わせた。

「隠れましょう」

お清が袖を引いて少し後戻りした。

「そこだ。そっちへ」

七兵衛は脇の道にお清をいざなって、大きな墓石の後ろにしゃがみ込んで、様子を見ることにした。お清が声をひそめて「誰かしら？」という。

七兵衛に答えられるわけがない。ひょっとすると、自分たちのことを誰か見ていたのかもしれない。提灯の明かりが漏れないように気をつけて、こっちの墓あっちの墓と、あたりをつけていたのだ。鍬で土盛りを掘り返したりもした。その作業をしているときには、周囲への注意を怠《おこた》っていた。

やがて、提灯の明かりが近づいてきて、男たちの声が聞こえてきた。男は三人いる。

七兵衛とお清は汗まみれの体を寄せあって、息を殺した。

雪駄《せった》の音がすぐそばに聞こえてきた。だが、男たちは提灯を消したらしく、明かりが見えない。

「どっちだ？」

だみ声がした。

「もっと奥です」

「見つけたらただじゃおかねえ。どうせ食い詰めた無宿者だろう」

「昨日も墓荒らしがあったばかりだといいやすからね」

男たちはひそめた声をかわしながら、墓の奥のほうへ消えていった。

墓場を吹き抜けてゆく風が、境内の木々をざわめかせた。

どこかで犬が遠吠えをしている。

「行こう」

七兵衛は男たちの去った方角を一度見てから、お清を促した。

墓場の細道に出ると、足を急がせて寺の表門をめざした。そのとき、本堂の陰から声がかけられた。

「誰だ？」

ハッとなって、二人は体をすくめたが、すぐに駆け足になった。

「急げ」

七兵衛は鍬を捨てて、お清の手を引いた。

「いたぞ。こっちだ」

背後でそんな声がした。罪悪感に苛まれていた七兵衛の鼓動が、早鐘を打った。

「あッ」

お清がつまずいて、片膝をついた。

七兵衛は背後を見た。追ってくる男の影が見えた。

「いかん。お清、立つんだ。捕まったらことだ」

七兵衛はお清を力まかせに立たせると、表通りをめざして駆けた。追ってくる足音が背中に迫っている。

第五章　遠《えん》　雷《らい》

一

「もう、大丈夫だろう」

七兵衛は立ち止まって、背後を振り返った。小名木川《おなぎがわ》に架かる高橋《たかばし》の近くだった。

お清は背中を波打たせ、荒い息をして両膝に手をついていた。

「お清、大丈夫か？」

「あ、はい」

そう答えるお清だが、ハアハアと息をしながらつばを呑み込む。

「とにかく今夜は帰ろう。提灯はどうした？」

七兵衛はお清の手に提灯がないのに気づいた。

「途中で落としたんです。ハアハア……」

「しかたなかろう。歩けるか」

お清は無言でうなずき、七兵衛にしたがった。そのまま小名木川沿いの河岸道を大川に向かって歩いた。居酒屋や料理屋の明かりが道にこぼれている。雲から抜けた月が、あわい光を地上に投げていた。

「さっきの男たち、なんだったのかしら……」

万年橋《まんねんばし》に差しかかったところで、ようやくお清が口を開いた。

「おおかた寺の者だろうが、よくはわからぬ。だが、墓荒らしがあったといっていたな」

「それじゃ、どこかで見張っている人がいたのかしら……」

「たまたま見つけられただけかもしれぬが、あの様子だと、今夜辺りから見張りが厳しくなるかもしれぬ」

「そんなことになったら、お金はどうなるんです」

お清が不安げな顔を向けてくる。

「とにかく今夜は家に帰ろう。先のことはそれからだ」

七兵衛はそういった自分が、すっかりお清のいう金にとらわれていることに気づいた。

春斎は自宅屋敷に帰っていた。寅吉もいっしょである。

目の前にはお龍の手料理があった。烏賊《いか》の煮付け、鱸《すずき》の刺身、茄子《なす》の煮浸し、そして香の物。久しぶりの馳走であった。

お龍はいつになく腕をふるったと、嬉しそうな顔で自慢した。

「寅、あんまり呑み過ぎるんじゃありませんよ」

お龍はたしなめながら、春斎に酌をする。

「わかってますよ」

「あんたは呑み出すと歯止めが利かなくなるんだから」

「お龍さんも口うるさくなりましたね。どうぞ、ご心配なく。いまは大事なお役目をいただいているんですから、羽目は外しっこありませんよ」

寅吉は烏賊の煮付けを口に入れて、満足そうな笑みを浮かべる。

「お龍、ちょいと外してくれるか。寅と話すことがある」

春斎は落ち着いたところで、お龍にいった。同席を許してもよかったが、あまり血腥《ちなまぐさ》い話は聞かせたくなかったし、男の仕事に女の口を挟まれたくない。お龍は少し不平そうだったが、ちゃんと礼儀をわきまえているので素直にさがった。

「明日からのことだ。賊は三人とはかぎらぬ。蝙蝠安の仲間が江戸にいるかもしれぬ」

「火盗改めがそんなことを……」

「いわれてはおらぬが、そういうこともありうるということだ」

「なるほど。それで旦那、わからないことがあるんです」

「なんだ」

春斎は扇子を広げてあおいだ。簾《すだれ》越しに夜風が流れ込んでいる。ときおり、カナブンが入ってきて畳の上でひっくり返ったり、縁側に蟷螂《かまきり》が来たりした。

「安蔵の仲間だった理兵衛はなぜ捕まったんです。ずっとわからなかったんです」

「いうまでもないことだが、伏見屋が襲われてすぐに火盗改めと御番所が動いた。探索は伏見屋に関わる人間から行われる。これは常道だ。その探索で、伏見屋が襲われる三月《みつき》ほど前から、伏見屋の得意先に出入りしていた男がいた」

「それが理兵衛だった」

「さようだ。理兵衛はうまく立ちまわっていたつもりだろうが、なにかと伏見屋の内情を知りたがっていたという。そのことを不審に思った得意先が、伏見屋が襲われた直後に知らせてきたというわけだ」

「なるほど、もうひとつ不思議に思うんですがね、やつらはなぜ金を持って逃げなかったんでしょう。盗んだ金は八百余両でしたね。安蔵には少なくとも八人の仲間がいたんです。手分けして持って逃げることもできたと思うんですがね。あっしだったらそうすると思うんですが……」

「もっともなことだ。だが、できなかった。八百両といっても、小判が八百枚とはかぎらぬ。現に殺されなかった通いの奉公人は、金箱には一分金や二朱金、百文緡《ざし》や一貫文緡も入っていたはずだ、といっているらしい。そうなると、相当量ということになる。おいそれと運べるものじゃないし、山分けする前にやつらは勘定する必要もあったはずだ」

「なるほど」

寅吉は真顔でうなずく。

「それにやつらは伏見屋を襲ったあと、ひとかたまりになって逃げたのではない。伏見屋を出ると、舟で逃げる者もいたし、走って逃げた者もいたようだ。いくら夜更けでも一団となって動けば、誰かに見られる恐れがある。だから、賊は伏見屋に押し入ったあと、それぞれ示し合わせたところへいったん逃げ、それから山分けをする段取りだった。ところが、理兵衛が捕まったことで身の危険を感じ、金を隠したまま江戸を離れた。おそらくそういうことだと思われる」

「そういわれりゃ、なんとなく辻褄が合いますね。だけど、今日、火盗改めの旦那が教えてくれたことじゃ、なにもわからないじゃないですか」

寅吉は残っている刺身に、たっぷり醬油をつけて口に入れた。

「いや、いくつか手掛かりになることは拾えた」

「それは……」

「安蔵が深川で生まれ育ったということだ。在に行ったこともあるだろうが、深川から離れられない男のような気がする。もっとも二、三年はほとぼりを冷ますために辛抱するだろうが、いずれは深川でなくても江戸に戻ってくるはずだ」

「なんだか、すでに、やつらが金を持って江戸から離れたような口ぶりですね。もし、そうならどうやって追います。まさか、二年も三年も帰りを待つなんてことはできないでしょう」

「むろん、待ちたくはないさ。やつは深川に詳しい。いっしょにいる次郎という男もそうだ。おそらく盗んだ金は、深川のどこかに隠したはずだ。まだ、回収していなければ、手は打てる」

春斎は表に目を向けた。月に雲がかかったところだった。

「どんな手を打つんです？　深川といったって広いんですよ」

「わかっている。だが、あきらめるわけにはいかぬ。相手は罪なき人間を十一人も殺しているだけでなく、東海道の宿場でも人を殺《あや》めている。それも金のために……。許されるやつばらではない」

目に力を入れた春斎は、おもむろに筆を執り、半紙に文字を書いた。

『六・五・七・辰巳』――理兵衛の着物に縫い込まれていた木札の文字である。

「いったい、どういう意味なんざんしょねえ……」

寅吉は腕を組んで頭をひねる。

「やつらが再び江戸を離れていれば、遅きに失したということになるが、まだそうだと決まったわけではない。それに街道筋にも江戸四宿《ししゅく》にも手配がしてある。江戸から逃げていれば、なにか知らせがあるはずだ」

火盗改めの同心・青木弥四郎は、さらに監視の目を強化するといっていたので、すでに手は打ってあるはずだった。

「安蔵はいっとき、木場の重蔵という深川の博徒一家の世話になっている。その一家に、いまでも安蔵とつながりのある者がいるかもしれぬ。それに、安蔵と次郎という男の実家のこともわかっている」

「それじゃ明日は深川に……」

「手をこまねいている場合ではないからな」

春斎はぐい呑みの酒を、一息にあおった。

二

「手を貸してくれませんか」

安蔵は頭を下げた。目の前には為蔵《ためぞう》という五十半ばの男が座っていた。黙したまま煙管《きせる》を吹かしていたが、ちらりと安蔵を見ると、

「そこまで頭を下げられちゃ、仕方ねえか」

と、煙管の雁首を灰吹きに打ちつけた。さっと、安蔵は顔をあげた。

「礼ははずみます。為蔵さんを頼みにするしかないんです」

「いくら出す」

為蔵が狡猾《こうかつ》な目を向けてくる。頭髪がほとんどなく、大きな福耳を持っていた。

「……五十両でどうです」

安蔵は少し考えてからいった。

仲間が少なくなっているいま、一人あたりの取り分は多い。少し奮発したつも

りだった。だが、為蔵は渋面《じゅうめん》を作った。額にしわを走らせ、眉間にもしわを彫

った。

「おい、安蔵。おれは足を洗った男だ。それに、いまは堅気の商売をしている。

妙なことに関わったばかりに、お縄になったらそれで終わりだ。危ない橋をわた

るんだぜ」

安蔵は唇を噛んで、畳の目を数えるように凝視した。

「それに、おめえが伏見屋を襲ったのはわかっている。いかほど盗んだかもな。

おめえに盗みの手ほどきをしたおれだ。やり口を聞けば、ぴんと来たさ」

（くそ、抜け目のないじじいだ）

腹の内で吐き捨てた安蔵は、頭の中で算盤をはじいた。十両や二十両の上乗せ

じゃおそらく首を縦に振らないだろう。他に信用があって頼める者がいれば、頭

など下げたくないのだが、いまは為蔵を頼るしかない。

「それじゃ百両でどうです」

思い切っていうと、為蔵の大きな福耳がぴくりと動いた。

「それがめいっぱいです。あとはびた一文たりとも出すことはできやせん」

為蔵は濡れたような唇を、人差し指でひと撫でして、いいだろうと応じた。安蔵はほっと胸をなで下ろす。

「それで、どうすりゃいい？」

「見張りがいないか調べてもらいたいんです。町方ばかりじゃないかもしれません、火盗改めもいると思ったほうがいいでしょう」

「厄介なことだな」

「仕方ありません。あっしらは八州廻りに顔を見られています。うまくまいて逃げてきましたが、人相書きを作って江戸中に手配しているかもしれません」

「おまえの人相書きは、とうに出まわってるさ」

「あっしのことは承知してますが、いっしょにいる仲間の人相書きです」

「八方塞がりってわけか……」

為蔵は「ふん」と、鼻先で笑って、

「まあ、他でもねえおめえのためだ。腰をあげることにしよう。それでおれはどこに連絡《つな》げばいい？」

「明日の日暮れに、ここに来ます」

「隠れ家はおれにもいえねえってことか」

「申しわけないです」

安蔵は頭を下げる。もし、為蔵が疑われて、しょっ引かれるようなことがあり、自分たちのことをしゃべったら、それで終わりである。この辺は用心が必要だった。

「いいだろう。明日の昼間ちょっくら出かけてくるとしよう」

「お世話になります」

大伝馬町《おおでんまちょう》一丁目にある為蔵の店を出た安蔵は、一度後ろを振り返った。

腰高障子に「唐物屋《からものや》　ためよし」と書かれている。「ため」は為蔵から取ったもので、「よし」は、女房のおよしの名から取ったものだった。

通りは閑散としていた。そろそろ夜四つ（午後十時）になろうとする時刻だった。

安蔵は人に顔を見られないように頬被りをしている。職人の身なりである。だが、懐にはいざというときのために、匕首《あいくち》を呑んでいた。

そのまま次郎と牧野新五郎の待つ隠れ家に行ってもよかったが、安蔵には気になることがあった。

お清である。江戸から逃げるときに、お清にはある程度の金をわたし、藤沢宿で落ち合う約束をしていた。しかし、お清はやってこなかった。

理兵衛のことがあるので、捕まったのかもしれないと思いもするが、よくわからなかった。万が一、お清が捕まっていたとしても、金の隠し場所は知られはしない。お清はそのことをまったく知らないのだから。

だが、安蔵はお清の安否だけは知りたかった。なにしろいい女なのだ。小柄ながら肉置《ししお》きはいいし、凝脂《ぎょうし》もいい。離れられない肌というのがあるとすれば、それはまさにお清にあてはまることだった。

隠れ家に帰るのをあとまわしにして、安蔵はお清が住んでいた亀井町の長屋に足を向けた。ところどころに居酒屋や料理屋の掛行灯《かけあんどん》の明かりが見えるが、江戸の町は静かだ。

（やっぱ、江戸はいいなァ）

どんな田舎よりも江戸がいいと、安蔵は思う。しかし、たんまり金を稼いだというのに、その江戸にいられない身になっている。

理兵衛が捕まりさえしなければ、こんなことにはならなかったのだがと、そのことが悔やまれるが、いまとなっては後の祭りでどうすることもできない。金を回収したら、当分田舎暮らしに甘んじるしかないと肚を決めている。

(田舎にもおもしろいことがあるだろう)

そう思うしかなかった。

亀井町までやってきた安蔵は、そのままお清が住んでいた長屋に足を踏み入れた。用心深く、長屋の路地を歩く。

人には会いたくなかった。ぐずる赤ん坊の声と、がみがみと不平を漏らしている女房の声が聞こえてきた。

夏場なので、どこの家の戸も半開きか、開け放してある。お清が住んでいた家の戸は半開きだった。だが、腰高障子にお清の名はなかった。

「大工　甲兵衛《こうべえ》」と書かれている。安蔵は家をまちがったかと思って、両隣を見たが、お清の家だという腰高障子はなかった。

独り暮らしだったお清は、用心のために「鳶《とび》　清」と腰高障子に書いていた。だが、そんな文字はどこの家にもなかった。

(あのとき家を引き払ったのか……)

そう思うしかない。捕まっていないことを願うだけだった。

安蔵はきびすを返して、次郎と牧野新五郎の待つ隠れ家に足を急がせた。何度か夜廻りと会ったが、声をかけられることはなかった。

三

いつまでもこのままでいたかった。なにもせずに、日がな一日お清と同じ夜具の中にいられたら、どれだけ幸せであろうかと、七兵衛は思わずにはいられない。

しかし、もう夜が明けている。蟬の声が次第に高まっているし、うすく開けた障子から朝の冷気が流れ込んでいる。

お清はすやすやと寝息を立てていた。一糸まとわぬ姿だ。七兵衛はそっと体をずらし、そしてゆっくり半身を起こした。そのままお清の体を舐めるように眺める。

くびれた腰、肉置きのよい尻まわり、ほどよく肉のついた太股《ふともも》、張りのある乳房は仰向けになっても形が崩れていない。

七兵衛はお清のうなじに張りついている後れ髪を、やさしく元に戻してやった。白くて肌理《きめ》の細かい肌は、やわらかな朝の光の中でもまぶしい。

お清がうっすらと目を開けた。しばらく七兵衛に視線を絡めて、

「起きていたんですか?」

と、魅力的な唇を動かす。

「目が覚めたばかりだよ。昼前には戻ってこられるが、今日は組頭の屋敷に行かねばならぬ」

「あら、それじゃ朝餉を……」

お清は慌てたように、枕許に脱ぎ散らかしていた浴衣を引き寄せて羽織った。

「すぐに支度をしますから」

「ああ」

七兵衛はお清を押し倒したい衝動をこらえて、井戸を使いに庭に出た。朝顔が花を咲かせていた。夜露に濡れた葉が瑞々《みずみず》しい。

顔を洗っているうちに、昨夜のことを思いだした。

(悪い夢だったのだ)

そう思い込もうとしたが、夢でないことはわかっている。危ういところで追ってくる男に捕まりそうになり、肝を冷やしたが、うまく逃げることができた。

もし、あんなところで捕まろうものなら、なんと申し開きをすればよいかわか

らない。そのときのことを思うと、身がすくみそうになる。捕まっていたら、おそらく厳しい咎を受けるだろう。

そうなると役目を解かれるかもしれない。そんなことになったら二進《にっち》も三進《さっち》もいかなくなる。

（しかし……）

七兵衛の心は揺れる。うまくすれば大金を手に入れられるのだ。生まれて見たこともない金である。一生遊んで暮らせる金だ。

賊は伏見屋から八百余両を盗んでいる。その半金があったとしても四百両。その半分でも二百両。皮算用だとわかっていても、心が高鳴る。苦労することなく、お清と楽しく一生暮らせる金だ。

そんな考えとは裏腹に、金を見つけることができなかったら、探している途中で昨夜のように、誰かに取り押さえられてしまったら目もあてられない、という考えも浮かぶ。それこそ、いまの身分も俸禄も失ってしまうだろう。

（当然、お清も離れていくだろう……）

七兵衛は揺れる気持ちを振り払うように、もう一度じゃぶじゃぶと顔を洗った。

「たくさん食べてください」

お清が味噌汁の椀を差しだしてくる。膳部には焼いた鰺《あじ》の開きと香の物がある。

「おまえもいっしょにどうだ」

「いいえ、わたしはあとでいただきます」

お清は笑みをこぼして答える。武家の躾《しつけ》を受けたことはないだろうが、おそらく貸座敷で教え込まれたのだろう。控えめに接しろと。

七兵衛は黙って飯にかかった。まるで夫婦のようだ。そのじつ、なんら夫婦と変わらないのだが、この女は盗賊の仲間だったのだ。

それも、賊の首領だという蝙蝠の安蔵の女だったのだ。閨《ねや》の中で安蔵の名をつぶやき漏らしたのがその証拠だ。恐ろしい男と付き合ってきた女だ。

「今夜はどうしましょう？」

「…………」

七兵衛は飯碗を持ったまま、お清を眺めた。

「またあの墓地に行ってみますか？」

「いや、それはまずい。昨日の今日だ。それに昨夜の男たちは、見張りを厳しくしているはずだ」

「だったら、永代寺に……」

「待て。昨夜も申したが、やみくもに探しても無駄な気がする。もっとたしかなことが知りたい。昨夜もわかったであろう。墓場は広い。それにいくつもの墓がある。いったいどの墓なのか、それを知るのが先ではないか」

「そんなことといわれても……」

お清は困ったように視線を泳がせる。

「おまえは聞いているのだろう。島流しになった男と、鉄砲洲で死んだ男が、どんな話をしていたかを。その二人の話をもう少し思いだせぬか……」

二人の男は、実在の人物ではなかったはずだ。七兵衛はそう確信している。島流しになった男も、鉄砲洲で揚がった屍体も作り話だろう。

お清は、おそらく蝙蝠の安蔵の話を盗み聞きしていたのだ。

「わかりました。旦那がお帰りになるまで、わたしもう一度よく思いだしてみます」

なにかを思いだそうと視線を彷徨わせていたお清が、七兵衛に顔を戻していった。

「そうしてくれ」

「でも、旦那、早くしないと、誰かが持ち逃げするかもしれない。そうなったら目もあてられません」

「誰が持ち逃げするという。金を隠した者は、島流しになっている。もう一人は死んでいるのではないか」

「あの二人に仲間がいたらどうします？」

なるほど、うまいことをいうと、七兵衛は内心で感心する。

「早く探したいのは山々だ。とにかく、思いだしてくれぬか」

朝餉《あさげ》を終えた七兵衛は着替えにかかった。そのとき、江戸から逃げた蝙蝠の安蔵たちはその後どうなっているのだろうかと気になった。

お清は、賊が隠した金を取りに戻ってくるのを恐れている。その前に金を自分のものにしたいのだ。その気持ちは手に取るようにわかる。

しかし、いまのままでは探しようがない。帯をキュッと締めたとき、そうか、と思った。

同じ先手組の中には、火盗改めに加役としてついている者がいる。あの者なら、その後、蝙蝠の安蔵一味がどうなっているか、少なからず知っているはずだ。

（そうだ、組頭の屋敷に行ったあとで、そのことをたしかめよう）

七兵衛は胸の内にいい聞かせて家を出た。

四

「安蔵、こんなところにいつまでいるつもりだ。江戸に戻ってきたはいいが、立ち往生しているだけではないか」

めずらしく牧野新五郎が苦言を呈した。

「そうだ、いつまでじっとしてんだ。こんなことじゃ干あがっちまうぜ」

新五郎の苦言に乗じて次郎も言葉を添える。

「やきもきするんじゃねえよ。おれだってさっさと片づけて、危なっかしい江戸を離れてェのは山々なんだ」

「今日のうちにはどうするか決めるんだろうな」

新五郎が三白眼《さんぱくがん》を向けてくる。

「そのつもりだ」

「つもりじゃなく、決めてもらうぜ」

次郎は爪楊枝をくわえて、パタパタとせわしなく団扇をあおいだ。

安蔵はそんな次郎をひとにらみして、煙管を吹かした。吊るされている風鈴が、チリンチリンと鳴った。

三人がいるのは、ごみごみと家の立て込んだ神田白壁町《しらかべちょう》の、奥まったところにある長屋だった。住人は太吉《たきち》という左官職人だった。次郎の知り合いである。

太吉は真面目に仕事に出ているが、三人のことを口外する心配はなかった。その昔、太吉は次郎とつるんで悪所通いをしていた時期があった。

ある日、二人は手許不如意《てもとふにょい》になり、金を持っていそうな老爺《ろうや》を脅したのだが、あやまって殺してしまった。大いに慌てたが、町方に捕まるわけにはいかないので、屍体を亀戸村の林の中に埋めていた。

そのことがあって、太吉は真面目にはたらきはじめたのだが、次郎はしばらく付き合いのなかった幼なじみの安蔵と、再びつるむようになっていまに至っている。

安蔵は金を取りに江戸に戻ってきたのだが、隠れ家にする仮の住処《すみか》に窮した。だが、次郎が太吉のことを思いだして、押しかけてきたのだ。

太吉は安蔵たちがなにをしたかは知らないが、よくない悪さをしたにちがいないと思っているはずだ。しかし、他人に安蔵たちのことを漏らすことはない。一言でも漏らして、万が一町方にしょっ引かれるようなことになれば、

「太吉、おめえとおれとでやった例の爺殺しを白状することになる。そうなりゃ、おめえも牢送りだけじゃすまなくなるってことだ」

と、次郎はたっぷり脅しを利かせているし、

「悪いようにはしねえ。二、三日泊めてくれるだけでいいんだ。これは宿賃だと思って受け取ってくれ」

と、安蔵は気前よく一両をわたしていた。

太吉は迷惑そうな顔をしていたが、次郎が弱みをにぎっているし、金も与えている以上、裏切る恐れはなかった。

「それにしてもここはやけに蒸しやがる」

安蔵が考え事をしていると、足を投げだして団扇を使っている次郎がぼやいた。

たしかに蒸し暑い長屋だった。日当たりが悪く、風は思いだしたようにしか入ってこない。おまけに蚊が多い。蠅《はえ》もぶんぶん目の前を飛び交っていた。

蚊遣りを焚いてはいるが、いつの間にか剥き出しの肌に蚊が吸いついていた。

「夕方、もう一度出かけてくる。そのときに、金をいつ取りに行けばいいか決める」

安蔵は蚊に刺された二の腕をひっかきながら、次郎と新五郎を交互に見た。

「おれも付き合おうか？」

次郎が顔を向けてくる。

「おれ一人でいい。二人だと目立つし、おれたちゃ手配りされているはずだ」

「おめえみたいに職人のなりをすりゃ、わかりゃしねえだろう」

安蔵は膝切りの矢絣《やがすり》にしごき帯、股引という恰好をしていた。

「油断は禁物だ。それに町方を甘く見ねえほうがいい。火盗改めだって動いてるはずだからな」

そうかといって、次郎は団扇で蚊をたたき落とした。

「金を取ったらそのまま江戸を離れるんだな。今度はどこへ行く？」

新五郎だった。

安蔵は東海道筋は危ないと考えていた。浪人奉行と呼ばれる八州廻りがうろついているのだ。

（あの男……）

安蔵は春斎の顔を思いだした。その辺の町方とはちがう顔つきをしていた。狙った獲物は逃がさないという、野生の獣のような印象を受けたのだ。太い眉に、鷹のように鋭い目をしていた。

それに堂々とした体軀だ。そこにいるだけで、人を威圧する雰囲気を醸《かも》してもいた。

「奥州路か中山道《なかせんどう》はどうかと考えている」

安蔵はしばらくして新五郎に答えた。

「すると千住宿か内藤新宿を通ることになる。おれたちのことが手配りされていれば、江戸四宿を通るのはまずいだろう」

「たしかに……」

「舟を使うか」

新五郎は思いつきでいっているのだろうが、安蔵はそのことも考えていた。舟着場や渡し場にも、町方と火盗改めは手配りを終えているはずだ。まして船番所のあるところなど通れはしない。

「脇往還を使うしかないだろう。街道を避けて、江戸を離れるしかない。その気になりゃ抜け道はいくらでもある」

「たしかにそうだろうが、行き当たりばったりは御免こうむる。身の安全を図れる逃げ道を考えようではないか」

「そうだな」

三人はそのことをしばらく話し合ったが、結論は出ず、もう少し知恵を出し合うことにした。

昼過ぎに激しい通り雨があり、古い長屋のどぶがあふれ、雨がやむと厠からひどい悪臭が漂ってきた。

安蔵が為蔵に会うために、腰をあげたのは、日が西にまわり込み、日射しが弱くなったころだった。

「それじゃ行ってくる」

「頼むぜ」

新五郎が柱にもたれたまま安蔵を見送った。

五

春斎と寅吉は、深川大和町《やまとちょう》に一家を構える重蔵を訪ねたが、当の重蔵はあいにく留守をしていた。代わりに応対したのは、番頭格の富三郎《とみさぶろう》という男だった。

「そのことでしたら、町方の旦那と火盗改めの旦那が、代わる代わる聞きに見えましたよ。まだ、野郎は捕まっていねえんですか」

でっぷり肥えた富三郎は、盛んに扇子を使いながら答える。

開け放されている縁側から吹き込んでくる風が、蟬の声を運んでいた。

「片づいていれば、わざわざ足など運んでこぬわ」

「もっともなことで」

富三郎が春斎に応じたとき、若い衆が麦湯を運んできた。どうぞと、富三郎が勧めるので、春斎は遠慮なく口をつけ、

「蝙蝠の安蔵は、仲間二人を連れて逃げている。こういう男だ」

次郎と牧野新五郎の似面絵を出して見せると、とたんに富三郎の表情が変わった。

「こりゃ、牧野さんじゃありませんか」

富三郎は手許の似面絵と春斎を驚いたように見た。

「知ってるのか」

「知ってるもなにも、いっときこの家の食客《しょっかく》になっていた人です。長くはありませんでしたが、よく覚えておりやす。……なるほど、すると安蔵の野郎は、う

まく牧野さんに取り入って用心棒にしたってわけか……」

富三郎は、最後のほうは独り言のようにいった。

「牧野新五郎が食客になっていたころ、安蔵もこの一家にいたんだな」

「ちょうど同じころでした。ですが、安蔵は尻の座らない野郎で、いつの間にかいなくなっちまいましてね」

「安蔵に詳しいやつはおらぬか？」

思案げな顔をした富三郎は、安蔵がいた時期は短かったので、とくに親しくしていた者はいないが、聞いてみるといって、土間に控えていた若い衆に声をかけた。

「昔、安蔵という男がいたんだが、よく知ってるやつがいねえか聞いてこい」

若い衆が去っていくと、春斎は次郎について訊ねた。

しかし、富三郎は次郎のことは知らなかった。さきほどの若い衆が戻ってくるまで、世間話を交えながら安蔵や牧野新五郎について聞いていったが、これといって引っかかる話は引き出せなかった。

わかったのは、安蔵といっしょに逃げまわっている牧野新五郎が、かなりの手練れだということだった。重蔵一家の食客になる前は、道場破りを生業《なりわい》にしていたというのだ。

「なぜ、この一家を離れたんだ？」

「それはわかりません。親分はよく面倒を見ていたんですがねえ。安蔵と同じで尻の据《す》わりの悪い性分なんでしょう」

そこへ、さきほどの若い衆が一人の男を連れてきた。文太郎《ぶんたろう》という男で、今年の初め、安蔵に会ったという。

「どこで会った？」

「両国です。広小路に遊びに行ったとき、ばったり出くわしましてね。向こうから声をかけてきたんです。まだ、重蔵一家にいるのかって……。いい女を連れていましたよ」

「それで……」

「へえ、短い立ち話でなにをしてんだと聞けば、大きな商売をやる前だといっておりやした。まあ、話半分だと思って、どんな商売だと聞けば、得意そうに大きな商売だと濁されましたよ。あっしはそんなことはどうでもよくて、やつの連れていた女を眺めてました。いい女だな、女房かいと聞くと、そのうちいっしょになるつもりだといいましてね、女のほうが名を名乗って、米沢町の料理茶屋にいるから遊びに来てくれってんです」

春斎は目を光らせた。隅に控えていた寅吉も身を乗りだしたほどだ。

「その女の名は？」

「たしか、お清といいました。小柄な女でしたが、ちょいと小股の切れ上がった女で、安蔵には似合わねえと思ったんで、覚えてんです」

「その女は、どこの料理茶屋にいるといった？」

「はあ、米沢町の……松野屋《まつのや》といったような気がしますが、よく覚えちゃおりません」

文太郎は首をひねって自信なさそうにいった。

しかし、これは大事なことだった。

重蔵一家を出てすぐに夕立があった。春斎と寅吉は、茶店で雨宿りをして馬場通りにある旭屋に足を向けた。火盗改めに捕縛され、その後死んでしまった安蔵の仲間、理兵衛が以前勤めていた小間物問屋である。

この店にも火盗改めはすでに聞き込みをしていたが、春斎は改めて理兵衛のことを聞きたかった。店主はいなかったが、大番頭が理兵衛の話をしてくれた。

「真面目にしていれば、いい商売人になったんですがね」

大番頭は理兵衛のことを残念がった。

「なにか粗相をしでかして辞めたと聞いているが……」

「死人の悪口はいいたくありませんが、魔が差したというんでしょうか、店の女中に手を出してしまいまして……まあ、そんなわけで辞めてもらうしかなかったんでございます」

大番頭はそれだけいえばわかるでしょうという目を、春斎に向けた。

「店の主はどこへ行ってるんだ？」

「墓参りです。お会いになるんでしたら、お待ちになりますか。夕立もあったので、そろそろ帰ってくるはずですが……」

「墓は遠いのか？」

「霊巌寺ですから、すぐそばです。おかみさんの祥月命日《しょうつきめいにち》なんですよ」

旭屋の主・長右衛門《ちょうえもん》は、六年前に女房を亡くしていた。聞きもしないのに大番頭はそんなことを教えてくれた。

春斎はなにかあったらまた訪ねるかもしれぬといって、旭屋をあとにした。

「旦那、虹です」

表に出てすぐ、寅吉が一方の空を指さした。

東の空に大きくて、きれいな虹ができていた。その背後には入道雲がそびえている。

「旦那、つぎはどこへ？」

「お清という女を探す」

「そうすると、米沢町の料理茶屋ですね」

春斎は「うむ」と、うなずいて、足を急がせた。

六

大川沿いの道を歩き、新大橋をわたり、大川端の土手道に出たときに、日が沈み、あたりがゆっくり溶けるように暗くなっていった。

春斎と寅吉は、無言で米沢町に向かって歩いていた。春斎は、お清という女のこと、木札に書かれた符丁のような文字、そして蝙蝠の安蔵らはいったいいまどこにいるのだろうかと、そんなことを考えていた。

大川には夕涼みの屋形船や屋根舟が浮かんでいた。宴会をやっているらしく、にぎやかな声に混じって弦楽の音も聞こえてくる。

舟提灯の明かりが、川面に映り込んでいた。空には月が浮かんでいる。今夜も雲のかかったおぼろ月だった。

木場の重蔵一家の文太郎という男のいった松野屋という料理茶屋は、すぐには見つからなかった。しかし、料理茶屋ではなく貸座敷だということがわかった。

文太郎は聞き間違えていたのだろう。もっとも貸座敷では自前の料理を提供することもあるので、似たようなものではあるが。

松野屋は米沢町では老舗の店で、規模も大きかった。玄関で迎えてくれた番頭に、お清の名を出すと、

「はい、たしかにお清という女はおりましたが……」

と、首をかしげて、あの女がなにかしでかしましたか、と聞く。

「そういうことではないが、すると、いまはおらぬということだな」

春斎はときどき、店の奥に視線を走らせたりした。

「おりません。断りもなく店を休んでいると思ったら、その後なんの音沙汰もなしです。病気でもして倒れていたら大変だということで、家のほうに何度か、店の者を見に行かせたんですが、いつも留守です。まあ、出てこない女にいつまでもかまうこともないんで、そのままにしてありますが……」

「そのお清は、小柄ながらなかなかいい女だったそうだな」

「へえ、男好きのする女で、お客さまの評判も上々でございまして、お清がいなくなって残念がっている方もいらっしゃるぐらいです」

「いま、お清がどこにいるかはわからないか？」

「さあ、それは……長屋にいるんじゃないでしょうか。それにしても給金も取りに来ないで、そのままなしのつぶてというのもおかしなことで……」

「つかぬことを訊ねるが、客の中にこういう者はいなかったか」

春斎は安蔵と次郎、そして牧野新五郎の似面絵を見せた。番頭はためつすがめつ見ていたが、首をかしげて覚えはないという。念のために他の仲居や手代にも見てもらったが、三人を知っている者は誰もいなかった。

その後、お清の長屋を聞いて、そちらにまわったが、もう他の人間が住んでいた。どこへ越したかもわからないという。いつごろ越したのかと隣に住んでいる居職《いじょく》の職人に聞くと、

「三月だったと思います。なにもいわずに、そのまま夜逃げをするみたいに出てゆきましてね。いったいどうしたのかと、ときどき思いだすんです。お清ちゃんは愛嬌もあったし、いい女でしたから……」

と、さも残念そうにいう。

例によって安蔵らの似面絵を見せると、職人の顔がハッとなった。それは安蔵の似面絵を見たときのことだ。

「この人だったら、二、三度見てます。お清ちゃんを訪ねてきて、いっしょに出かけていったんです。訪ねてきたっていうか、連れにきたって按配《あんばい》でしたけどね。……こんなことというとなんですが、あっしはお清ちゃんを気に入ってたんで、あんときは妬《や》けましてね。いけ好かない男だと思ったんです。でも、この男いったいなにもんで……」

「大事な用があるので、なんとしてでも会いたいのだ。それで、その後この男を見たことは……」

職人はありませんと、かぶりを振った。

「これではっきりしたな」

春斎はお清が住んでいた長屋を出てから、つぶやくようにいった。

「お清と蝙蝠安は、ただならねえ仲だったたってことですね」

寅吉が横に並んで応じる。

「だが、おれたちはお清を見ておらぬ。理兵衛もそのことは口にしていないようだ。ひょっとすると、安蔵らは引っ越したお清の家を隠れ家にしているのでは……」

「そこに、盗んだ金もあると……」

「それはどうだろう」

春斎は両国広小路まで来て足を止めた。そのまま周囲に視線をめぐらす。

（お清を見つけるのが先か……）

そう考えつつも、理兵衛の着物に縫い込んであった木札の文字が、大事な意味を持っているような気がしてならない。

「お清があの長屋からいなくなったのは三月。伏見屋が襲われたのも三月。お清は、賊のためにどんな役目をしてたんでしょう。単に安蔵の女だっただけでしょうか……」

春斎は思案顔をしていう寅吉を見た。

「伏見屋に押し入るために、なにか手伝ったのかもしれぬが……それはわからぬ。だが、お清と安蔵につながりはあった。それはたしかなことだ」

「さっきの長屋の大家じゃ、お清の引っ越し先はわからないでしょうか」

何気ない寅吉の一言だったが、春斎はきらっと目を光らせた。

大家は入人別帳や出人別帳を作成している。まめな大家だったら、お清の引っ越し先がわかるかもしれない。

すぐに大家を調べ、家を訪ねた。大家は丹兵衛《たんべえ》という男で、さいわいにもこまめな人物だった。ちゃんと出入りの人別帳を保管していたのだ。

人別帳には、住人の職業、年齢、生国《しょうごく》、家族、宗教などが細かく書かれている。もっとも大ざっぱな場合もあるし、住人が適当にいったりもするので、すべてが信用できるわけではないが、ないよりもましだった。

そして、お清の引っ越し先がわかった。本郷竹町の一軒家である。

春斎と寅吉は、暗くなった夜道を急いで本郷竹町へ向かった。お清は長屋から一軒家に引っ越しをしている。それも三月である。詳しい日にちはわからないが、伏見屋が襲われた日の前後と考えられる。

そうなると、賊の隠れ家に使われたのかもしれない。春斎はそう考えるし、また賊が江戸に戻ってきたときの隠れ家になっているかもしれないと思いもした。

しかし、その推量はすっかり外れた。

お清はたしかに本郷竹町にある三念寺《さんねんじ》門前の小さな一軒家に住んでいたが、そこからまたもや引っ越していたのだ。その引っ越し先はわからない。ただし、大家はまだ越して間もないといった。訪問客がなかったかと訊ねたが、それには、首を振ってわからないと答えた。

しかたなく、お清が住んでいた家の近所で聞き込みをすることにした。すると、たびたびお清を訪ねていた男がいたことがわかった。

「それはどんな男だった？」

「お武家です。真面目そうな人ですよ。ときどき連れ立って、買い物に出かけたりしていました。仲がよさそうに見えましたけど、いつの間にか引っ越したようで、近ごろはとんと姿を見ません」

答えるのは三念寺門前にある油屋の主だった。

「ひょっとしてその侍がこの中にいないか？」

春斎は主に、例の三人の人相書きと似面絵を見せた。主は食い入るようにそれを見ていたが、しばらくするとゆっくり顔をあげて、

「いいえ、こんな人たちじゃありません。ちゃんとしたお武家です。月代《さかやき》もきれいに剃られていたし、髷《まげ》にも櫛目が入っておりました。それで、この人たちはどんな悪さをしたんです」

と、好奇な目を向けてくる。

「……人殺しだ」

面倒なので春斎がそう答えると、主はびっくりしたように目をまるくした。

「いったいどういうことなのだ？」

家路を辿りながら春斎は疑問を口にする。

「お清と仲がよかったというそのお武家も、賊の一味なんでしょうかね。なんだかわけがわからなくなっちまいます」

寅吉はそういって、腹は減っていませんかと、春斎に聞く。だが、春斎はそんなことには答えずに自問した。

「もし、お清とその侍が安蔵らと関係があるなら、もうやつらは金を持って江戸を離れたかもしれぬ」

「そうだったらお清もいっしょってことですか……」

「そうなるだろうが、他のことも考えられる」

「なんです」

寅吉が団栗眼を向けてくる。

「お清が金を持って逃げたってことだ」

春斎がそういったとき、遠くのほうから雷が聞こえてきた。

七

「いま、帰った」

七兵衛は玄関の戸を開けて、奥に声をかけた。すぐにお清の返事があり、笑みを浮かべて姿を見せた。

「遅いんで心配していたんですよ。いま濯《すす》ぎを……」

お清が下がると、七兵衛は上がり框《かまち》に腰掛けて、雪駄と足袋《たび》を脱いだ。遠くで雷が鳴っている。お清が小さな盥《たらい》に張った濯ぎを持ってきた。

七兵衛はそのままお清に足を洗ってもらう。

帰りが遅くなったのは、火盗改めに加役として出向いている同輩に会い、あれこれ話を聞いたからだった。

伏見屋を襲った賊は、その後、東海道を上って逃げたが、行方がわからなくなっていた。探索は他の事件が起きたので、八州廻りに協力を仰いでいるらしいが、賊が江戸に舞い戻ってきたという噂もあるという。

その辺は定かではなかったが、賊が江戸に戻ってきたのは、きっと伏見屋から盗んだ金を回収するためだという。さらに、賊は八州廻りに追い詰められ、仲間を失い、いまは数人で動いているということだった。

七兵衛はもっと詳しく教えてくれとせがんだが、

「いや、これは探索に関わること、めったなことはいえぬのだ」

と、同輩はやんわりと断りを入れたあとで、

「それにしてもおぬしは何故《なにゆえ》、それほど知りたがるのだ」

と、懐疑的な目を向けてきた。

「拙者も少なからずあの一件には関わっていた。その後どうなったか気になっておるのだ」

七兵衛はうまくかわしたが、それ以上詮索をすれば、なにかあったときに強い疑いを持たれかねないと危惧して、他愛もない世間話をして帰ってきた。

ただひとつ胸をなでおろしたことがある。それは、賊に女の影はないのかと、聞いたときだった。

「いまのところ、そんな話はないが、金のために虫けらのように人を殺す悪党だ。女がいるとすれば、相当のタマだろう」

つまり、お清のことは知られていないということであった。

しかし、いま自分の足を洗ってくれている女は、安蔵の女だったのだ。いや、

いまだにそうかもしれないし、安蔵はお清を自分の女だと思っているはずだ。

そして、その安蔵たちが江戸に戻ってきているらしい。

七兵衛は家に帰ってくる道すがら、安蔵たちの動きをそれとなくお清に話そうかどうしようかと迷っていた。うまい話し方をしなければ、お清はそれと気づくはずであるし、自分を警戒するかもしれないと、七兵衛は危惧している。

「今日組頭の家に行ったあとで、朋輩に誘われてな。それで妙な話を聞いたのだ」

着替えをして居間に落ち着くと、七兵衛は切りだした。

「妙な話……どうぞ」

お清は麦湯を勧めて、小首をかしげた。

「うむ、三月のことだったらしい、大きな商家が盗賊の一味に襲われて大変なことがあったというのだ。店にいた者十一人が殺され、金蔵が破られたらしい」

七兵衛は麦湯に口をつけながら、お清の反応を盗み見た。お清はわずかに視線を泳がせただけで、

「恐ろしいことを。それでどうなったのです？」

と、興味ありげな目を向けてくる。

「火盗改めの調べをかわして、一度江戸から逃げたその賊が、また江戸に舞い戻っているようなことを聞いた。まことのことなのか、噂なのかわからぬが、そんな外道《げどう》に出会ったら大変だ。気をつけなければな」

お清の表情がこわばった。

「まさか、この辺にいるというんじゃないでしょうね」

「どこにいるか、それはわからぬ。わかっておれば探索方が捕まえているだろう」

「まあ、怖いこと」

お清は内心動揺しているらしく、話をはぐらかすように、酒をつけるか、それとも夕餉にするかと聞いた。

「少し呑もうか」

「それじゃすぐに」

お清は去りかけたが、すぐに立ち止まって七兵衛を振り返った。

「旦那、明日は永代寺に行ってみませんか。ひょっとすると、お金は永代寺かもしれません。霊巌寺は見張りがいるから近づけないでしょう」

「ああ、そうだな。だが、永代寺のどこに隠してあるかわからないのではないか」

「わたし、気づいたことがあるんです」

「なんだ」

「お金は埋められているのではなくて、人がうっかり見過ごすようなところに隠してあるんだと。そんなことをあの二人が、いっていたような気がするんです」

「すると、永代寺のどこにあると思うのだ？」

「地蔵堂です。明日にでも早速行ってみましょうよ」

台所に下がろうとしていたお清は、戻ってきて七兵衛の前に座った。その目には焦《あせ》りの色があった。

「見も知らぬ人に見つけられたら、せっかくめぐってきたツキを逃がすことになるんです。そんなのいやじゃありませんか。一生に一度あるかないかのことなんですよ」

お清は必死に訴えた。

ときどき、ゴロゴロと雷の音が聞こえてきた。空の一画には稲妻も走っているらしく、雲が明るく照らされている。

「墓荒らし……」

安蔵から話を聞いた牧野新五郎が、鸚鵡返《おうむがえ》しにいった。

「近ごろ市中の墓場を荒らしまわっているやつがいるらしいんです」

安蔵はそのことを為蔵から聞いてきたのだった。自分がつぎの盗《つと》めのために、原宿村の竜岩寺に隠していた支度金も、その被害にあったと思った。もし、その相手がわかったら、なぶり殺しにしてやると憤《いきどお》っていた。

「だったらおれたちの金も……」

次郎が慌てたような顔を向けてきた。

「いや、そりゃあ大丈夫だろう」

「どうして、そうだといえる。その墓荒らしの野郎が、おれたちの金を見つけていやがったらどうするんだ」

次郎は嚙みつきそうな顔になる。すぐムキになるのがこの男の悪い癖だ。だが、安蔵はその癖は死ぬまでなおらないだろうと思っている。

墓荒らしは、遺骨や屍体といっしょに埋められる金目のものを狙って、盗みをはたらく。寺社地は寺社奉行の管轄だから、町奉行所は要請がないと動かない。

そのために、被害にあった寺は、近所の岡っ引きや腕っ節の強い男たちを頼んで見張りや見廻りをしていた。

「墓には見張りがつけられている。それにあの寺が被害にあったという話はない」

「今夜あったらどうする?」

「だから見張りがついているっていってんだろう。いちいちおれに突っかかるようなことというんじゃねえ。誰のために、足を棒にして歩きまわってきたと思ってんだ」

安蔵は次郎をにらみ据えた。いざ怒ったら、安蔵がどれほど残忍で情け容赦のない男かを知っているから、次郎はおずおずと後ずさって、

「悪かったよ。だけど、気になるじゃねえか」

と、折れた。

「見張りはいつまでもつけられやしねえさ。被害にあわなけりゃいずれ外される」

「見張りがいつまでつけられるのか、いつ解かれるのかそれが気になる」

新五郎だった。たしかにそうである。

安蔵は煙管を吹かして、蛾の張りついている薄汚い行灯を眺めた。

「おれも気の長いほうじゃねえ。だが、事が事だけに、ここでしくじりたくねえだけだ。金はなにがなんでもおれたちのものにしなけりゃならねえ。それでなきゃ、これまでの苦労が水の泡だ」

「そうだ。藤沢から大山へ逃げて、そして疲れ果てて江戸に戻ってきただけだからな」

次郎が酒を舐めるように飲んでいう。

「まったくそのとおりだ。それでおれは決めた。明後日《あさって》まで様子を見る。もし、明後日になっても見張りがいるようなら、その見張りを殺すまでだ」

「見張りは何人だ？」

新五郎だった。

「聞いた話だと三、四人らしい」

「だったら造作ねえじゃねえか。今夜にでもやっちまおうか」

次郎が身を乗りだしていう。

「余計なことはしたくねえ。おれたちゃ、隠した金を取って逃げるだけだ。だが、見張りがつづくようなら、それ以上は待てねえ。明後日までの辛抱だ」

安蔵が決断したようにいったとき、ぱらぱらと屋根をたたく雨の音がした。つづいて、ぴかっと稲光が三人の顔を照らし、ドカン、と耳をつんざくような雷鳴がとどろいた。

雨は次第に激しさを増し、安普請の長屋の天井から雨漏りがしはじめた。

「雨か……雨だったら、見張りもいないだろう」

新五郎が畳を濡らす雨漏りを見つめて、言葉を足した。

「それに墓荒らしも雨の日は動かないはずだ」

安蔵は新五郎を見た。そうか、と思った。

「明日も雨のようだったら、明日やるか」

安蔵は、新五郎と次郎を見た。二人ともその気の顔になっていた。

第六章　満月の夜

一

激しい雷雨は明け方にやみ、真っ青な空が広がっていた。鳥たちの声が、勢いのよい蟬の声に遮られている。

朝餉を終え、縁側に座っていた春斎は、おもむろに文机《ふづくえ》につき、木札に書かれていた文字を半紙に書いた。そこへ、お龍が茶を持ってきた。

「いつも家にいてくださると安心だわ」

「ふむ」

「だって、留守を預かって一人でこの家にいるのは、結構心細いのですよ。お役目だとわかっていても、やっぱりわたしは女なんですね。……なんですの？」

お龍が半紙に書いた文字をのぞき込んだ。

「おれにもわからぬのだ。単なるお守りの呪《まじな》いかもしれないし、符丁かもしれない」

「符丁……」

お龍は長い睫毛《まつげ》をしばたたかせて春斎を見た。その顔は、障子越しのあわい光を受けていた。血色のいい色白の顔は、化粧をしなくても充分美しかった。

「おれが追っている賊の仲間が持っていた木札に、書かれていたものだ。まったくなんのことかわからないので困っている。いっしょに考えてくれれば助かるんだが……」

春斎から半紙を受け取ったお龍は、

「六・五・七・辰巳……」

と、つぶやくように読んだ。

「よくはわかりませんけど、お呪いには思えませんね。でも、なんでしょう……」

「昨夜、あれこれ考えてみたのだが、さっぱりなのだ。知恵を貸してくれぬか」

「わたしでお役に立てるかしら」

と、いいながらもお龍は真剣な目つきになっていた。

「お松《まつ》さんやお駒《こま》さんに聞いてもよいでしょうか？」

お龍は最近親しくなった者の名をあげた。

「かまわぬ」

「これは謎解きですね」

「探索にはなんの関わりもないことかもしれぬが、引っかかっている。どんな意味なのか、わかればありがたい」

「それじゃ、普段使わない頭を使ってみましょう」

お龍は楽しそうな笑みを浮かべた。

そこへ、寅吉がやってきた。

「早かったな。とにかくあがれ、おまえにやってもらいたいことがある」

春斎は寅吉をそばに呼びつけた。

「昨日、わかったお清という女のことだが、似面絵を作りたい。それを頼まれてくれるか」

「へえ、なんでもいたしますよ。それじゃ、絵師を探さなきゃなりませんね」

「絵師なら頼まれれば、すぐにやってくれる人がいる。御用屋敷のそばに、長谷《はせ》川寒雲《がわかんうん》という絵師がいる。わからなければ、御用屋敷の門番にでも聞いてくれ。

それで、寒雲殿を連れて昨日訪ねた松野屋と、お清が住んでいた長屋に行って絵を描いてもらってくれ」

「それじゃ、今日は旦那とどうやって連絡をつけます？」

「おれは、お清が住んでいた本郷竹町の家の近所で聞き込みをする。お清と、いっしょにいた侍のことを探る。昼には御用屋敷の脇にある茶店に行く。そこでどうだ」

「承知しました。それじゃ早速にも……」

寅吉はさっと腰をあげると、奥に向かってお龍に声をかけた。

「お龍さん、では、あっしはこれで」

「あら、いまお茶を淹れていたのに……」

「せっかくですが、お気持ちだけいただいておきます」

「ずいぶんご熱心なこと。えらいわね」

「へへ、張り子の寅なんて、もういわせませんよ。では、行ってきやす」

気をつけて、と見送ったお龍が春斎を振り返った。

「寅ったらずいぶん張り切ってるじゃありませんか」

「あれがいて、ずいぶん助かっている。なかなか機転も利くし、使いやすい男だ」

「春斎さんもお気に入りね」

「お龍だって、寅のことが気になってるのではないか」

「春斎さんがまずは一番です。寅はそのあとですよ」

お龍はいたずらっぽくいって、雪駄を履いた春斎に切り火を打ってくれた。

「どうか今日もご無事でありますように」

春斎の耳許で、カチカチと石が打ち鳴らされた。些細なことだが、やはりお龍といっしょになってよかったと、あらためて春斎は思うのだった。

(今日こそは手掛かりをつかまなければ……)

表に出た春斎は、内心で自分を鼓舞し、まぶしい空を見あげた。

二

七兵衛とお清は、永代寺門前町《もんぜんちょう》にある一軒の茶店の片隅で、途方に暮れたような顔で座っていた。

軒先に吊るしてある風鈴の音が、忙しく鳴っている。富岡八幡《とみおかはちまん》の境内からは蟬の声がわいていた。

「どうするんです?」

ずいぶんたってから、お清が弱り切った顔を向けてきた。

「どうするといっても……」

七兵衛はせわしなく扇子をあおぎながら、店の表通りに目を向ける。

お清は自分が聞いたのは、

（……数百両……分け前……寺……六……番目……一年か半年……）

だと、いっていた。

ところが、昨日、もうひとつ思いだしたと目を光らせた。

それは、「蓮華《れんげ》」という言葉だった。

つまり、六地蔵のうちの一体が蓮華を持っている。その地蔵の裏か、足許に金が隠されているのではないかと推量したのだ。

（なるほど）

と、七兵衛もうなった。

伏見屋から盗まれた数百両の金が、江戸六地蔵の寺に隠されていて、祀ってある六地蔵の何番目かの地蔵尊が、蓮華を持っている。その地蔵尊のそばに金が隠されたというのである。そして、その金を一年か半年後に取りに来ると――。

お清が焦るのは、七兵衛にもわかる。賊は三月に伏見屋を襲っている。もし、賊が半年後に隠し金を回収しに来るなら、九月ということになる。だから、お清はその前に自分で見つけて、その金を独り占めしたいと考えているのだ。

さらに、昨夜、七兵衛は賊が江戸に舞い戻ってきている話を聞いたと、打ち明けている。お清が焦るのはわからないでもない。

しかし、永代寺にやってきたはいいが、境内には入れなかった。これは七兵衛もうっかりだったのだが、富岡八幡宮の社内にある別当・永代寺の山開きは、毎年三月二十一日より四月十五日の間だけだったのだ。

三月に伏見屋を襲った賊は、その期間内に金を隠したことになるから、七兵衛もその点は疑いもしないが、金を回収するには、一年を待たなければならないのだ。

「お寺は広いんです。きっとどこからか出入りできる場所があるんですよ」

お清がぼんやりした顔を向けてくる。

「そうだな」

気のない返事をした七兵衛は、永代寺のほうに顔を向けた。こんもりと茂った境内の木々が見えた。

境内は二万坪以上ある。本坊以外に、功徳院《くどくいん》・多門院《たもんいん》・吉祥院《きつしょういん》・明王院《めいおういん》など十一の塔頭《たっちゅう》寺院がある。また、寺領内には、池を配したきれいな庭園があり、山開きの時期には、拝観者たちを楽しませてくれる。

だが、いまその寺は人を寄せつけないように、堅く門を閉ざしている。

「おまえは、霊巌寺か永代寺か品川寺ではないかといったな」

「……はい」

「霊巌寺と永代寺がだめなら、先に品川寺をあたるというのはどうだ。ひょっとすると、品川寺に蓮華を持った六地蔵があるやもしれぬ」

「そうかもしれませんが……こうなると、どうしても永代寺のような気がするんです。だって、わたしは一年後という言葉を聞いています。たぶん山開きに合わせてお金を隠し、そして一年後の山開きのときに、そのお金を取り返そうとしていたのかもしれません」

「しかし、半年という言葉も聞いたのではないか……」

「それは、ひょっとすると……」

お清は視線を彷徨わせる。

「なんだ」

「半年後にもう一度相談しようということだったのかもしれません。ねえ、旦那。こうなると、やっぱりわたし永代寺のような気がしてならないんです。なんとかして、お寺の中に入ることができないでしょうか」

「それは……うーん」

七兵衛は腕を組んで考える。

「なんの手づるもなければ、無断で入ればいいんです。きっとどこかに隙間がありますよ。お寺は堀で囲まれているだけの造りなんでしょう……」

（そうか……）

七兵衛は内心で納得する。賊は伏見屋を襲ったあと、舟を使って逃げている。重い金箱《かねばこ》を運ぶのに舟は便利であるし、堀川のめぐっている永代寺ならすぐに舟を着けられる。

「この近くに舟着場があったな」

七兵衛は思いだしたようにいった。

「どうするんです？」

「舟で永代寺に入れるかどうかたしかめるんだ」

お清は目を輝かせた。

二人は茶店を出ると、大島川《おおしまがわ》に架かる蓬萊橋《ほうらいばし》のたもとで猪牙舟《ちょきぶね》を拾った。

「汐見橋《しおみばし》をくぐって三十間川《さんじっけんがわ》に入ってくれ」

舟に乗り込むなり、七兵衛は船頭に告げた。

「へえ」

船頭は無愛想だったが、指図どおりに舟を操った。三十間川に入り、永居橋《ながいばし》のそばまで来ると、七兵衛は十五間川《じゅうごけんがわ》に向けろといった。

「お侍、行き先はどこです？」

「考えているところだ。黙っていうとおりにしろ」

七兵衛が言下にいうと、船頭は黙り込んだ。

やがて、舟は富岡八幡の北側にやってきた。永代寺はその先だ。七兵衛とお清は、舟の進む左側に注意の目を向ける。じっとしていても汗が浮いてくるので、二人は手ぬぐいで何度も汗をおさえた。

やがて永代寺の裏側までやってきた。石垣の上に、唐塀がつづいている。勝手戸のようなものはない。寺の中に入るには、塀に縄梯子《なわばしご》でもかけなければ無理である。

やがて塀が切れそうなところまでやってきた。七兵衛は左の入堀に入るように船頭にいった。船頭は黙ってしたがう。

また、唐塀がつづいている。そして、どこにも堀から入れる場所がないことがわかった。賊は深夜に伏見屋に押し入り、舟で逃げた。永代寺に金を隠すには、表門から入るか塀をよじ上って入るしかない。

夜は、永代寺の表門は閉じられる。すると、塀をよじ上ったということだが、そんな面倒なことをしただろうかと、賊のことを考えた。

答えは否である。つまり、賊は永代寺には来なかったと考えるべきだった。

そのことを口にしたのは、永居橋のそばで舟を降りたあとだった。

「それじゃ、どうしましょう」

お清が川沿いの道を歩きながら、意気消沈気味につぶやく。

「がっかりすることはない。これで、品川寺か霊巌寺のどちらかだとわかったのだ。だが、霊巌寺は見張りがいるから、あとまわしにしよう」

「それじゃ品川に……」

お清が顔を向けてくる。七兵衛は返答に窮し、少し頭を冷やそうといった。

声をかけられたのはそのときだった。

「お清さんじゃねえか……」

相手は七兵衛ではなく、お清に声をかけてきたのだった。男は堅気には見えなかった、口の端にたついた笑みを浮かべ、七兵衛をちらりと見て、お清に視線を戻した。

「知り合いか」

七兵衛がそういってお清を見ると、顔を青ざめさせていた。

三

茶店の葦簀《よしず》に張りついた蟬が、声をかぎりに鳴いている。これでもかという勢いのある鳴き方だった。

ミーン、ミーン、ミーン……。

この世に自分がいるんだということを訴えるような、必死な鳴き方に思えた。その蟬は羽を小刻みに動かしたと思ったら、ミン、と小さく鳴き捨てて飛んでいってしまった。

春斎は寅吉と待ち合わせている、御用屋敷のそばにある茶店で休んでいるところだった。

蟬の声は日増しに高くなっている気がするが、いまが盛りかもしれない。町屋の上には真っ青な空が広がり、遠くに入道雲がそびえていた。

茶店の小女《こおんな》に麦湯のおかわりを頼んだときに、寅吉が汗を拭きながらやってきた。

「もう来てましたか。いやァ、今日はあっちィすね。まいった、まいった」

やれやれと、まるで年寄りみたいなことをいって、寅吉は春斎の隣に腰掛けた。

「どうだ。出来たか？」

「へえ、これです。おッ、おれにも麦湯をくれるか。大盛りで頼む」

寅吉はお清の似面絵をわたしたあとで、春斎のお代わりを持ってきた小女に注文をした。

春斎はお清の似面絵を眺めた。脇にその特徴も書き添えてあった。

背丈は五尺に満たないやや小柄な女だ。年は二十二歳。顔は整っているが美人ではない。それでも男好きのする顔つきだ。顔の造作に愛らしさと色っぽさが同居している。

「これが、蝙蝠安の女……」

「お清が住んでいた長屋の者や、松野屋の女中から聞いて描いてもらったんですが、こりゃあ男がほっとかない女だと思いましたよ。裏の顔も持ってるんでしょうが、気立ても愛嬌もよかったといいます。こんな女が蝙蝠安に引っかけられと思うと、なんだか腹が立つというか可哀相というか……あ、多めに描いてもらいましたんで、絵はまだあります」

「うむ。お清が住んでいた三念寺前の借家の近所で聞いたんだが、あそこに住んでいたのはほんの三月《みつき》ほどだ。その間に、たびたび男が訪ねて来ている。前に聞いた侍のようだ。その正体はわからぬ」

「蝙蝠安とつながっている侍ですかね」

「それもわからぬが、関わりのある男だと思ったほうがよいだろう」

「それじゃその侍のことはなにもわからないってことで……」

「いまのところはわからぬ。お清の所在も同じだ」

そこへ寅吉の麦湯が運ばれてきた。

寅吉はごくごくと喉を鳴らして、一気に飲みほした。

「さきほど、御用屋敷に寄ってきたのだが、火盗改めも蝙蝠安の行方をつかみ切れておらぬようだ。だが、蝙蝠安が江戸から逃げられぬように、厳重な手配りがなされている」

火盗改めは江戸四宿、渡船場《とせんば》、脇往還の主要な箇所に人相書きと似面絵を配り、配下の者を見張りにつけている。そう教えてくれたのは、御用屋敷の用人・佐藤吉右衛門《さとうきちえもん》だった。

——火盗改めは八州廻りに加勢を頼んできたが、賊が江戸に入った以上は、もう逃がさないという意気込みだ。八州廻りに頼ったはいいが、やはり自分たちの手でこの一件を片付けたいのだろう。

それはそれでいいのではあるがと、吉右衛門は言葉を足した。

だが、春斎はここまで賊を追い詰めている以上、自分の手でなんとかしたいという思いを強くしていた。

「それでは、やつらはまだ市中にいると考えていいんですね」

「金を回収して逃げていなければ、まだ江戸にとどまっているはずだ。もっとも、逃げようと思えば、いくらでも手はあるだろうが、そうそううまくはいかぬだろう」

「それじゃ、これからどうします？」

「あの木札のことを考えているのだが、どうにも要領を得ぬ」

「理兵衛という男が持っていた木札ですね」

「あれには辰巳という字があった。辰巳といえば方角だろうが、おれは深川を意味しているのではないかと思う」

俗に深川の遊里を「辰巳」と呼ぶことがある。春斎はそう考えたのだが、それは賊の逃走経路を勘案《かんあん》してのことでもあった。

「賊は伏見屋から逃げる際、いくつかに分かれているが、舟を使っている。盗んだ金箱もその舟で運んだにちがいない。そして、やつらは深川に向かった。その舟は柳橋の舟着場から出ている。深川は下流だから、一気に足を稼ぐことができる」

「そして、安蔵も次郎も深川で生まれ育っているので、土地に詳しいってことですね」

「まったくさようだ」

「すると、金は深川のどこかに隠してあるということですか」

「そう考えてもいいだろう。まだ回収していなければの話だが……」

「しかし、辰巳が深川だとしても、あとの数字はなんなんでしょう。あっしには、さっぱりちんぷんかんぷんです」

数字の「六・五・七」――。

春斎にもそれが謎であった。ひとつひとつの数字に意味があるのか、それとも三つの数字を合わせたものに意味があるのか、それがわからない。

「とにかく、深川に行こう」

「あてはあるんですか？」

「ないが、もう一度重蔵一家に行く。お清と安蔵に今年の正月に会ったという文太郎に、この絵を見てもらう。あの男はまたなにか思いだしてくれるかもしれぬし、他の若い衆のなかにも安蔵を見ている者がいるかもしれぬ。それから次郎の生家にも行きたい」

「承知しました。旦那、この一件はあっしらで片付けたいですね」

寅吉が真剣な顔を向けてきた。春斎はやる気を見せる寅吉に、内心で感心しながら、

「そのつもりだ」

といって立ちあがった。

七兵衛は佐久間河岸《さくまがし》まで来て歩みをゆるめた。そのまま前方に目を注いだまま、ついに足を止めた。頬被りした団扇売りが、陽炎《かげろう》に揺れる道を横切っていった。

「旦那、怒ってるんですか？　さっきからずっと黙りっぱなしじゃない。ねえ、旦那」

お清が甘ったるい声でいいながら、七兵衛の袖をいやいやするように引っ張った。

「少し涼んでいこう」

七兵衛は葦簀掛けの茶店に向かった。お清が慌てたように追いかけてくる。

さきほどから七兵衛は迷っていた。お清の存在を知り、そして接近し、ついに深い仲になってしまった。それはそれでよいのだが、お清という女の虜《とりこ》になっている自分に気づいていた。それゆえに、迷いが多くなっている。

（こんなはずではなかったのに……）

そう思うことはしばしばなのだが、なんとしてもお清を自分のそばに引き留めておきたい。しかし、お清の本心が見えない。だから、一人でやきもきしているのだ。

それに、さっき深川大和町で、声をかけてきた男のいったことが気になっている。

あの男は、お清さんじゃねえかと、気安く声をかけてきた。とたんに、お清の顔色が変わり表情が硬くなったのを七兵衛は見逃さなかった。

相手は明らかに堅気ではなかった。お清は、「ちがいます。人ちがいでしょう」と切り返したが、男は安蔵を知っているだろうといい、さらに両国でいっしょにいたお清さんにそっくりじゃねえか、おれの目に狂いはないんだけどな、と言葉を重ねた。

お清はあくまでも、「ちがいます。他人のそら似でしょう」といって、早く行きましょうと七兵衛をうながした。

すると、少し怒りのこもった男の声が追いかけてきた。

——安蔵はなにをやったんだ。八州廻りが探しまわってるぜ。

七兵衛はその声を背中で聞いたとき、やはり蝙蝠の安蔵一味が江戸にいるのだと確信した。同時に、お清といっしょにいるのは、あまりよくないことかもしれないと、わずかながらも後悔の念がわいた。

しかし、本心はちがう。

（お清とは離れたくない）

である。

茶店の床几に腰をおろしても、七兵衛はどう切り出そうかと逡巡《しゅんじゅん》していた。

「旦那、どうしちまったのよぅ。さっきの男がいったことを気にしているの……」

お清は機嫌を取ろうと、小女が運んできた麦湯を勧め、扇子で風を送ってくれる。こういったところは、けなげで可愛いのだが、ここは自分を戒《いまし》めなければならないと、七兵衛は下腹に力を入れた。

「さっきの男は、安蔵という名を口にしたな。それはおまえの別れた亭主ではないのか。いつか、同じ名をおまえは口にした。忘れたといってもわたしは覚えている」

七兵衛はいつもとちがって、厳しい目をお清に向けた。

「たしかに別れた亭主も安蔵といいましたけど……」

「その亭主の仕事はなんだったのだ？　さっきの男はずいぶん気安い物いいをしていたが……あれは、堅気の男ではない。安蔵もそうだったのか？」

七兵衛はお清から視線を外さなかった。ほんとうは、安蔵のことをおれは知っているのだといいたいが、それをいったら終わりのような気がして、いいだせない。

「どうしようもない遊び人でした。だから、わたし逃げたんです」

お清は目を潤ませて、言葉をついだ。

「さっきの人のことですけど、わたし、ほんとうに知らないんです。ひょっとしたら一度くらい会っているのかもしれませんけど、わたしには覚えがないんです。それに別れた亭主のことなんか思いだしたくもないし。旦那とせっかく知り合えてよかったと、わたしは思っているのに、いやな人に声をかけられて、さっきは迷惑だと思ったし……わたし、旦那との暮らしを大切にしたいのに……」

お清は声を詰まらせ、涙を浮かべた。

七兵衛は慌てた。責めるつもりはなかったのだが、結果的には責めている自分に気づき、またお清が自分たちのことを大切にしたいと考えていることを知り、胸を打たれた。

「お清、すまなんだ。そんな悲しい顔をするな。まるでわたしが泣かせているようではないか」

「だって……」

お清は手ぬぐいで両目を押さえてから、七兵衛に視線をからませてくる。

（ああ、だめだ）

七兵衛の心は腰砕けになっていた。人目のない場所だったら、きっとお清を抱きしめて、すまなかったと、謝ってなだめているだろう。

「旦那、いっておきますが、わたし別れた亭主にはなんの未練もありませんから。これればかりは信じてほしいんです」

「……信じよう。だが、さっきの男、変なことをいったな。八州廻りがその亭主のことを探しまわっていると……」

お清は視線を少し彷徨《さまよ》わせてから、

「きっと悪いことでもしたんでしょう。そんな人でしたから……」

と、いった。

「八州廻りが江戸で動きまわるのはめずらしいことだ。ひょっとすると、安蔵という元亭主は、どこかの田舎で悪さをして、江戸に逃げ戻ってきたのかもしれぬな」

七兵衛はさらりといって麦湯に口をつけた。

「だったらいやだわ。しつこい男だから、わたしを探しているかもしれない」

「まさか、そんなことが……」

七兵衛はわずかに動揺していた。安蔵が目の前に現われたら、どうすればよいのだ。斬り合うことになってもいいが、お清が寝返るのではないかと不安になる。

「でも、あの人には探せっこないわ。探せるもんですか。それに、もし探しあてられたとしても、旦那が守ってくれますよね」

お清が熱い視線を向けてくる。

「むろんだ。八州廻りに追われるような男なら、斬り捨ててもよい」

四

重蔵一家に行くまでもなく、文太郎という若い衆には会うことができた。それは、春斎と寅吉が柳橋で拾った猪牙舟からおり、深川大和町の河岸場にあがったところだった。

文太郎が二人の男を連れて、門前東仲町のほうから永居橋をわたってくるのが見えたのだ。博徒一家の子分だから、すぐに見分けがつくし、文太郎は地味な着物を着ていても派手な雰囲気を持っている。

「これは八州廻りの旦那……」

盛んにおしゃべりに興じていた文太郎に近づくと、先に声をかけてきた。

「手間を取らせて悪いが、見てもらいたいものがある」

「なんでしょう?」

春斎は道の端によって、寅吉が作ってきたお清の似面絵を見せた。

「こりゃ、お清って女じゃねえですか。昼前にすぐそこで会ったばかりですよ」

春斎は太い眉をぴくりと動かした。

「なんだと……」

「侍といっしょだったんです。その橋のたもとにつけられた猪牙舟からおりてくる女がいたんで、いい女だなと見ていると、そうだったんですよ。男がいっしょだったんで、ひょっとすると安蔵かと思ったんですが、侍でしてね」

「侍の顔は覚えているか?」

「いやあ、会えば思いだせるでしょうが、男なんざ見たってはじまらねえんで、さらっと眺めただけです。それよか、あの女、白ばっくれやがんです」

文太郎はまくし立てるような早口で、それも典型的な〝べらんめえ〟調である。

「おれがお清さんじゃねえかといっても人ちがいだ、他人のそら似だとぬかしやがんです。連れの侍を気にしてのことだったんでしょうが、食えねえ女ですぜ。大方、安蔵からあの侍に乗り換えたんでしょうが、可愛い面《つら》しやがって、隅に置けねえ女ってのはああいうのをいうんでしょう。男をだめにする女ですぜ」

「それでお清とその侍はどこへ行った？」

「どこへって、そりゃわかりませんよ。よそよそしそうにしやがって、その道をまっつぐ向こうに歩いていきやした」

文太郎は十五間川沿いの道を顎でしゃくった。西のほうである。

「お清と侍は猪牙舟で来たんだな」

「へえ、この橋のすぐそこでおりてあがってきたんです。船頭は知ってる顔でね。おもしろくなさそうに、おれに首をすくめて見せやした。気に入らない客だったんでしょう。あの女、もと与太公の女だったくせに、お高く止まって猫被ってんです」

「知ってる船頭だといったな。そいつのことを教えてくれないか」

「船頭を……」

春斎はその船頭が、お清と侍の会話を聞いているかもしれないと思った。聞いていれば、安蔵の居所をつかむ手掛かりになるかもしれない。また、どこで舟を拾ったのか、それも気になる。

「ありゃあ、蓬莱橋の池田屋《いけだや》って船宿の船頭です。甚八《じんぱち》って名ですがね」

「蓬莱橋の池田屋だな」

「行きゃァわかるでしょう。それで旦那、まだ安蔵の野郎は見つからねえんで……」

「だから探しているんだ。それから、ちょいと頼まれてくれないか」

「へえ、なんです？」

「おぬしの一家に、安蔵に詳しい者がいれば、会いたいんだ。それも今年、あるいは最近会ったという者がいれば助かる」

春斎はいいながら、文太郎に酒手をわたした。こういうときケチると、文太郎のような男は、へそを曲げてしまう。そうならないように、はずんで二分をつかませた。

春斎が文太郎の連れの二人を眺めると、

「こいつらは知りませんよ。安蔵がいなくなったあとで、一家に入った野郎たちですから」

と、文太郎が先読みして答えた。

「それで、頼まれてくれるな」

「ちょいと待っててくれますか。そこの茶店でいいでしょう。急ぎ聞いてきやすから。いたら連れてきますよ。まあ、茶でも飲んで涼んでいてください」

酒手《さかて》が効いたらしく、文太郎は快く応じて、重蔵一家へ早足に去っていった。

茶店に腰を据えた春斎は、なぜ、お清がここに現われたのかを考えた。安蔵の生家のそばである。しかも安蔵が昔に世話になった重蔵一家のそば……。

連れの侍も、やはり安蔵と関わりがあるのか……。

春斎は目の前に横たわる十五間川を眺めた。水面は夏の日射しにきらめき、子育てをはじめた燕が水面を切るように飛んでいった。

寅吉はさかんに扇子を使い、麦湯をお代わりしている。

「お清は三念寺の家からこっちに越してきたんじゃないでしょうか……。だから、この辺をうろついていた。すると、安蔵らは近くにいるってことになりますが……」

「そうであれば、なるべく人目につかぬように動くはずだ。おそらく日中はなりをひそめているだろう」

「深川といっても広うございますからね」

寅吉はふうと、ため息をつく。

それからしばらくして文太郎が戻ってきた。

「旦那、安蔵を見たって野郎は誰もいませんで……」

「いない」

「あれこれ知っていそうなやつに聞いたんですが、おれが会ったのが一番近いところです。それで、いってえあの野郎なにをやりやがったんです」

春斎は文太郎の顔を眺めた。瓜実顔《うりざねがお》に博徒らしい鋭い目をしている。目つきが悪くなければ、役者にしてもよさそうな面構えだ。

「おれはとうに聞いていると思ったが……」

「いえ、なにも聞いちゃいませんよ」

春斎は話そうかどうか迷ったが、

「横山町に伏見屋という呉服問屋がある……」

そこまでいったとき、文太郎が驚いたように口を挟んできた。

「安蔵の仕業だったんですか！」

「そういうことだ。やつを追っているのは、おれだけじゃない。火盗改めも町方も探している」

「ひぇー、あの野郎がそんなことを……」

「おまえの親分は、おれ以外に聞き込みを受けているから、とうに知っていると思ったが……」

「親分は余計なことはしゃべらねえし、あっしには近寄りがたい人ですからね。それにしても、ぶったまげたな。あの野郎が、伏見屋を……へえ、そういうことだったんですか」

いやあ、あきれた、まいったと、文太郎は目をまるくして驚いている。

「もし、やつを見たら御番所でも、火盗改めの役宅でもいいから知らせてくれるか」

「できりゃ馬喰町の御用屋敷のほうがありがてえが……」

寅吉が口を添えた。

「合点承知です」

文太郎はそう応じたあとも、安蔵が盗賊になったことがよほど意外らしく、驚きの声を漏らしていた。

春斎と寅吉は蓬萊橋にある池田屋という船宿を訪ねた。

甚八という船頭は、船頭の溜まり部屋になっている板座敷で横になっていた。

「あっしに、いったいなんのご用で……」

春斎が身分を名乗ると、甚八は訝《いぶか》しそうな顔をした。

「つかぬことを聞くが、昼前に侍と一人の女を乗せているはずだ。女は小柄で若い。じつはこの女なのだが……」

春斎はお清の似面絵を甚八に見せながら、永居橋のたもとで二人を降ろしているはずだと言葉を足した。

「この女でしたら、はい乗せておりやす。お侍さんもいっしょで、たしかに永居橋で降ろしました。あの二人、悪者ですかい？」

「そういうわけではないが、どこから乗せた？」

「どこからって、すぐそこの舟着場からです。いやな侍でしてね、黙っていうとおりに行けってんです」

「どこへ行った？」

「行ったってほどのもんじゃありません。まあこの前の川から三十間川に入って、そこから十五間川、あとは八幡さまをぐるっと一周したような按配《あんばい》です」

「八幡さま……富岡八幡か？」

「さいです。物好きな客もいるもんだと思いましたよ。二人でこそこそくっちゃべってましたがね、永代寺の塀をずいぶん熱心に眺めてましたよ」

「永代寺の……」

「へえ、あっしにはそう見えました。八幡さまのほうは見向きもしませんで、永代寺ばかりを眺めてました。まるでにらめっこするように……」

春斎は富岡八幡の様子を頭に描いた。永代寺は同じ土地にあり、隣り合わせだ。それに永代寺は、この時期は拝観できない。

（なぜだ……）

春斎は自問して遠くを見た。それから甚八に顔を戻して、二人の会話をなんでもいいから聞いていないかと訊ねたが、

「話はしてましたがね、あっしの耳に届かないような声でしたから、なにも聞いちゃおりません」

期待する言葉は返ってこなかった。

しかし、なにかが春斎の頭に引っかかった。池田屋をあとにしても、いったいなにが引っかかるのだろうかと考えて歩いた。気づいたときには富岡八幡の鳥居の前に来ていた。

「旦那、なにを考えてんです？」

寅吉が首を右に倒し、左に倒して春斎をめずらしそうに眺める。

「お清と連れの侍は、永代寺を見ていた。さっきの船頭はそういったな」

「いいましたね」

「永代寺になにがあるというんだ」

独り言のようにいった春斎は、富岡八幡の参道に入った。その左側が永代寺の寺領である。春斎の足は自然にそちらに向く。周囲は蝉の声に包まれていた。

「永代寺とはなんぞや……」

誰にともなく問いかけると、

「大栄山《だいえいざん》金剛神院《こんごうじんいん》ですね。それから、御府内八十八ヵ所霊場です。何番目の札所なのかはわかりませんが……」

（それかもしれない）

春斎はハッと目を瞠った。理兵衛が持っていた木札の意味が、その数字かもしれないと考えた。

「何番目だ？」

寅吉は首をかしげたあとで、ちょいと聞いてきますといって、駆けていった。

春斎は永代寺に近づいた。寺領と社領を分けるために、板塀がめぐらせてある。

なぜ、お清と侍は永代寺を……。甚八という船頭の言葉から推量すれば、二人は永代寺に異常な関心を示していたことになる。

「旦那……」

寅吉が駆け戻ってきた。

「六十八番目でした」

木札に書かれた数字と一致するのは、「六」という数字だけだ。理兵衛が後生大事に着物に縫い込んでいた木札にあったのは、「六・五・七・辰巳」という文字だった。

「ひょっとして、木札の〝六〟は、六十八番の六かもしれない。そして、六・五・七を足すと、十八だ」

寅吉が目を輝かした。旦那、すごいですという。

「辰巳が深川を意味するなら、深川の永代寺ということかもしれぬ」

「まさか、永代寺に伏見屋から盗んだ金を……」

春斎もそうかもしれないと思った。

「それから旦那、江戸六地蔵の六番目だそうです」

その言葉に、春斎は首をひねった。六の六なら、理兵衛の木札とは一致しない。

しかし、ぱあっと霧が晴れるような閃《ひらめ》きがあった。

「寅、ひょっとすると、木札に書かれていたことがわかったかもしれぬ」

「ほんとうですか」

五

唐物屋の為蔵。元は一人ばたらきの盗人。そして、安蔵に盗みの手ほどきをした男だった。安蔵はできることなら、為蔵のことは仲間には教えたくなかった。また、為蔵もそれを望んでいないことを知っていたが、どうしようもなかった。

唯一の仲間である次郎と牧野新五郎が、疑いはじめたのだ。

「安蔵、まさかその為蔵って男とつるんで、おれたちを出し抜くんじゃねえだろうな」

次郎がそんなことをいった。

すると、新五郎も疑いの目を向けてきた。

「そうだ。どうにもあやしい。為蔵に会いに行ってくるといっては、そのときに金を移しているんじゃないだろうな。いまは足を洗っているというが、為蔵は根っからの盗人だろう。信用できたもんじゃない。おれたちはその為蔵を知らないのだ」

「安蔵、その為蔵に会わせろ。てめえは、百両の礼金を払うといったらしいが、その金はおれたちの金じゃねえか。目に見えねえとこで、こそこそ仕掛けをして、おれと新五郎さんに一杯食わせようという魂胆《こんたん》なら勘弁願うぜ」

次郎は疑り深い男だ。それにいつになく気の立った目つきをしていた。安蔵は恐れはしないが、姑息なことに次郎は、安蔵の刀を自分の背後に隠すように置いていた。

そして、次郎の片手は長脇差をつかんでいた。新五郎もいつでも刀を抜くという素振りを見せていた。

「おめえは、原宿村の竜岩寺に、つぎの盗《つと》めのための支度金百両を隠していた。だが、それはなかった。墓荒らしに盗まれたのかどうかあやしいもんだ。為蔵と組んで隠したんじゃねえだろうな」

「次郎、黙って聞いてりゃ好き勝手なことをほざきやがって。そこまでおれを疑うんだったら、仲間から外れるか、ここでおれを斬るかだ。おれの刀はてめえの後ろにあるし、おれはいま手も足も出ねえ。新五郎さんだって、なんだかその気になってきているようだ」

安蔵は次郎と新五郎をにらみ据えた。腹の据わったその目は、人を射抜くように鋭かった。安蔵は言葉をついだ。獰猛《どうもう》な獣がうなるような声だった。

「おれをやるならやっていい。だが、おれはただじゃ殺されねえぜ。次郎、てめえが斬りかかってきても、おれはてめえの喉を嚙みちぎってでも、必ず殺す。やれるもんならやってみりゃいい。ほら、おれは手ぶらだ」

安蔵はおどけたように両手をひらひら振って見せたが、次郎をにらみ据えたままだった。次郎の目に動揺の色が浮かび、助けを求めるように新五郎を見た。

「竜岩寺に隠していた金は、今度の盗《つと》めで稼いだもんじゃねえ。ありゃあ、前々からため込んでいたもんだ。つぎのためにな。伏見屋からいただいた金は、おれがいった場所にきっちりある。逃げるときに、おめえらに当分しのげる金をわたしたが、その残りはそっくりそのままだ。いいだろう、おれを出し抜いて、二人でその金を山分けしたけりゃすりゃいいさ。だがよ、その金を持ってどうやって江戸から逃げる？　いい知恵でもあるか？　金はあのままじゃ持ち運ぶのは難しい。その前にやらなきゃならねえことがある。そこまでおめえが知恵をまわしてるってんなら、いらぬ心配だがよ」

安蔵は余裕の体で、煙管に火をつけて紫煙を吹かした。生ぬるい風が、じっとり汗ばんだ体にまといつく。

狭い家の中には、いまにも破裂しそうな緊張感が漂っていたが、蝿がうるさく飛び交っていた。

「こんなところで仲間割れしてもしかたなかろう。安蔵、わかったよ。おれはおぬしの考えでよいと思う」

新五郎が態度をやわらげて扇子をあおいだ。そのことで張り詰めていた空気が少しゆるんだ。安蔵は次郎をじっと見た。

「次郎、てめえはどうする？　おれが信用できねえなら、好きなようにしな。だが、おれを殺したら、てめえはびた一文たりとも金を手にすることはできねえ。そのことは、はっきり教えておく」

次郎は狼狽していた。酷薄《こくはく》そうなうすい唇を舌先で舐め、剃刀のような細い目をきょろきょろ動かした。はったりは利くが、肝っ玉の小さい男だということを、安蔵は小さいころから知っている。

それゆえに、笑いたくなった。だが、笑いはしない。腹の内で、

（江戸を無事に離れたら、てめえとはおさらばだ）

と、次郎を殺そうと決めた。

「……よし、おめえの考えでいいだろう。ここまで来たんだ、おめえを信用するよ。それにおれたちゃ、切っても切れねえ仲だからな」

次郎はばつが悪くなったのか、へへと、追従《ついしょう》の笑みを浮かべた。

ここが次郎の知り合いの家でなく、人の目や声を気にしなくてすむ場所だったら、安蔵は次郎を殴りつけていたはずだ。だが、その憤怒《ふんぬ》を必死に抑えていた。

「それで、つけてきた段取りとやらを教えてもらおうか」

新五郎が先をうながすようにいった。

安蔵は一度大きなため息をついて、煙管を煙草盆に打ちつけた。

「同じことになるが、おれたちが望んでいた雨はやんでしまった。つまり、見張りはいると考えていい。だが、いつまでもここにいるわけにはいかねえ」

「そうだ」

次郎がいう。安蔵は一瞥《いちべつ》してつづけた。

「為蔵さんの調べたとこじゃ、見張りは三人だ。こうなったら始末して金を手にするしかねえ。だが、知ってのとおり金は小判だけじゃねえ。一分金もあれば二朱金もあるし、百文の緡《さし》もある。結構な重さだ。それを持って逃げるのは重荷だ。そこで、小せえ金は一分金と小判に替える。そうすりゃ難なく持ち運べる」

「どうやって両替する？　おれたちでやるのか……」

　次郎だった。

「できりゃ世話ねえ。これも為蔵さんにやってもらう。そのために助《すけ》をしてもらうんだ。百両の礼金も払うことだし、それなりの仕事はしてもらう」

「それで、どうやって逃げる？」

「それが問題だ。街道筋の大木戸には近寄ることができねえ。また、江戸四宿にも火盗や町方の見張りがいると考えていい。為蔵さんは品川まで足を運んで、それをたしかめてくれた。つまり、品川を抜けるのは難しいってことだが、内藤新宿も千住も板橋も通れねえってことだ。行徳船《ぎようとくぶね》や木更津船《きさらづぶね》の舟着場も同じだ。他の渡し場にも見張りがいると考えたほうが無難だ」

「なんだ、それじゃ江戸に封じ込められているようなもんじゃねえか」

　次郎があきれたようにいう。

「そうさ、おれたちゃ江戸に戻ってきたはいいが、江戸から出るのが難しくなっている。多分、あの八州野郎のせいだ」

「浪人奉行って野郎か……あの野郎が、江戸に手配りをしたってェのか……」

「おそらくそうだろうが、それを悔やんでも仕方ねえ。それに、抜け道はある。

役人の目の届かねえところにな」

「どこだ？」

次郎が目を輝かせ、膝をすって近寄ってきた。

「簡単にいやァ、百姓地を抜けるってことだ。それ以外にねえ。それに為蔵さんが馬を用立ててくれる」

「今夜のうちに金を取って、江戸を離れるんだな」

新五郎だった。だが、安蔵は首を横に振った。

「金は今夜のうちに取り返すが、江戸を離れるのは、両替をしなきゃならねえんで明日になる。そのつもりでいてもらう」

新五郎と次郎は顔を見合わせたが、しかたないだろうという顔でうなずいた。

「江戸からの逃げ道はいろいろあるが、押上《おしあげ》から隅田、そして堀切《ほりきり》と北へ向かう。堀切まで行きゃ、あとはなんとでもなる。それでいいか」

新五郎は次郎を見てから、いいだろうといった。次郎も納得顔だ。

「それじゃ、日が暮れたら出かける」

安蔵はそういってから、次郎に刀をよこせと命じた。

「旦那、なんでこんな寺に……」

寅吉が汗を噴きだした顔を向けてくる。春斎はかまわずに境内に足を踏み入れた。

それは海辺新田にある霊巌寺だった。

「寅、賊の仲間だった理兵衛の木札には、『六・五・七・辰巳』と書かれていた」

「そういうことでしたね」

「六は、六地蔵の六、そして五は江戸六地蔵五番目という意味だ。つまり、霊巌寺。この寺ということになりはしないか」

「あッ」

寅吉は団栗眼《どんぐりまなこ》をさらに大きく瞠った。

「そして、辰巳は深川を意味するのではなく、辰巳（東南）の方角だと思うのだ」

春斎は話しながら墓地のほうへ足を進める。霊巌寺は周囲を大名屋敷と寺院に囲まれているといっても過言ではない。裏門と表門に門前町があるぐらいだ。

そして、墓地は境内の南方にあった。春斎は墓地の入り口に立つと、あたりを眺めた。墓参している者は一人もいない。墓前に手向けられた花が腐ったり枯れたりしている。

手入れの悪い墓には、女郎花《おみなえし》や鳳仙花《ほうせんか》が雑草に混じって咲いていた。

「ここから辰巳の方角へ、七番目の墓を、あの木札の数字は示していたのかもしれぬ」

「行ってみましょう」

寅吉が辰巳の方角へ先に歩きだし、「ひとつ、ふたつ」と墓を数えてゆく。

三つ、四つ、五つ、六つ……。

「あ、旦那、これは！」

寅吉が頓狂な声をあげて振り返った。

春斎も寅吉の示した墓を見て、凝然《ぎようぜん》と目を瞠った。

それは、深川の小間物問屋・旭屋の墓だったのである。つまり、理兵衛が奉公していた店の墓だった。墓石には蓮華の家紋も彫り込んであった。

「寅、これでやっと得心がいったな」

「へえ。まったく恐れ入谷《いりや》のなんとかじゃありませんが、旦那の推量には頭があがりません、まいりました」

すっかり感心顔の寅吉は、ほんとうに頭を下げた。春斎はそれには目もくれず、旭屋の立派な墓を眺めながらつづけた。

「旭屋の手代だった理兵衛は、旭屋の墓をよく知っていた。見てのとおり、わりと大きな墓だし、納骨用の石棺が金の隠し場所に適していると思ったのだろう。だから、伏見屋から盗んだ金を、一時隠す場所に使ったのだ。だが、理兵衛はそのことを白状する前に、火盗改めの拷問に耐えられず命を落としてしまった」

「旦那、どこに隠してあるんでしょうね」

「待て、他家の墓を勝手にいじることはあいならぬ。たしかめたいのはやまやまだが、もしまちがっていたらどうする。墓荒らしと間違えられるかもしれぬだろう」

声が飛んできたのは、そのときだった。

「そこの二人、なにやってんだ？　単なる墓参りには見えねえが……」

どこからともなく姿を現わしたのは、手下を一人連れたでっぷり太った男だった。十手をちらつかせ、剣呑《けんのん》な目を向けてくる。

六

「旦那、日が暮れてゆきます」

庭の植木に水をやっていたお清が振り返った。その片頬が衰えた西日を受けていた。

「それじゃ支度をするか」

七兵衛は、ぼんやり顔であおいでいた扇子を閉じ、

「お清、その前にこれへ」

と、自分のそばを扇子で示した。

お清が前垂れを外して、目の前に座ると、七兵衛は表情を引き締めた。

「もし、おまえのいうような金があったら、わたしは役目をやめる」

「…………」

「ほんとうにそんな金があるなら、そしてその金を手に入れることができたら、武士に未練などない。どこか静かなところで、二人で暮らそう。それでよいな」

「……はい」

お清は短い間を置いて、かしこまった顔で返事をした。

「二人でなに不自由ない暮らしをするのだ」

「そうなることを願っております」

「うむ。だが、もし金がなかったら、わたしはいまのお役目を真面目に勤めあげる。それでも、わたしについてきてくれるか」

七兵衛は真剣な眼差しをお清に向ける。お清は少しだけ躊躇《ためら》ったが、

「お金がほしいのは山々ですけど、なかったら仕方ありませんからね」

と、眉尻を下げた。

「ついてきてくれるのだな。そう約束してもらわなければ、わたしはここを動く気になれぬ」

お清の目が、ハッと驚いたように見開かれた。それは困るという顔つきだ。

「もちろん、約束します。わたしはお武家さまの妻になるのです。それはそれで覚悟していますから……」

「ほんとうだな。その言葉を信じてよいのだな。心変わりをしたら、わたしはおまえと刺しちがえる覚悟だぞ」

お清はゴクリと生唾《なまつば》を呑み込んで、

「信じてください」

と、顎を引きながら応じた。

「よし、それならまいろう。着替えをする」

七兵衛は立ちあがると寝間に行って、着替えにかかった。動きやすいように手甲脚絆をつけた。金を探すときには、襷をかけ尻端折《しりつぱしよ》りすればいい。

玄関で草鞋《わらじ》を履いていると、奥の土間からお清がやってきた。すっかり身支度を調えている。同じように草鞋履きで、手ぬぐいを姉さん被りにしている。

表の蟬の声が少なくなっていた。

「袋は？」

「そこです」

七兵衛は式台に置かれていた頭陀袋《ずだぶくろ》をつかんだ。金を入れるためのものだ。

「これで足りるだろうか……」

「だったらもうひとつ持って行きましょう」

お清が土間奥に急ぎ足で戻ってゆき、もうひとつ頭陀袋を持ってきた。七兵衛はなんとも手まわしのよいことを、と感心もするしあきれもする。

表に出ると、空に皓々《こうこう》と照る月が浮かんでいた。

「これなら提灯もいらぬな」

七兵衛は空を見あげてつぶやく。夜目に慣れれば、たしかに提灯の明かりは不要に思われた。ツキがあるのかもしれないと思いもする。

「見張りがいないとよいですね」

数歩遅れてついてくるお清がいう。

「そうであることを願うばかりだ」

七兵衛は言葉とは裏腹に、見張りがいて見つかり邪魔をするようなら、斬り捨てる覚悟をしていた。

昨日までは、お清の口車に乗せられ、邪《よこしま》なことをやろうとしているのではないだろうかという迷いがあったが、その迷いを吹っ切っていた。

一生に一度めぐってくるかこないかわからない、大きな運がそこにあるのだと思えば、迷いなど些細《ささい》なことだった。それに、自分たちが探しているのは、どうせ汚れた金だということがわかっている。

みすみす盗賊にわたすぐらいなら、自分たちのものにしたほうが世のためであると、勝手な屁理屈《へりくつ》さえ、まともな考えだと思い込むようになっていた。

「旦那、蓮華の家紋はそう多くないはずです。きっとすぐに見つかりますよ」

「多かったら困る。それだけ手間取ることになるのだからな」

「大丈夫ですよ」

お清はどこに自信があるのか、気楽な返事をする。深く悩んだり、考えたりしない女だと思うが、それがよいのだろうと、七兵衛は勝手に納得する。

「それにしても旦那、ほんとうにいい月ですね」

お清は月夜をあおぎながら、しみじみとした調子でつぶやく。

「いかにも、よい月だ」

まん丸くて大きな月は、どことなく黄みを帯びていた。そして、うすい雲が少しだけかかっていた。

七

「旦那、どうぞ召しあがってください」

塩むすびを勧めるのは、貫太郎《かんたろう》という海辺新田の岡っ引きだった。小柄な相撲取りのような体形である。

「すまぬ」

春斎は遠慮なくひとつをつかんでかぶりついた。

ようようと日が暮れて、あたりは闇に包まれたが、空に明るい月が浮かんでいるので、ある程度の見通しは利いた。

春斎と貫太郎がいるのは、海辺新田にある霊巌寺だった。この寺院には表門前町と裏門前町があり、春斎と貫太郎は表門前町から境内に入る参道を見張れる、小さな庫裡《くり》にこもっているのだった。

昼間の暑熱が庫裡の中に滞っており、来たときは蒸し風呂のようになっていたが、窓と戸を開け放して風を通したので、少しは居心地がよくなっていた。それにしても蚊の多さにはまいってしまう。たたきつぶしても、すぐに別の蚊が血を吸いに来るのだ。油断も隙もない。

裏門前町にも見張りをつけていた。そちらには寅吉と貫太郎の下っ引きをやっている忠吾《ちゅうご》という男がついていた。

「しかし、ほんとうに来るんですかね？　あっしはこの寺の和尚に頼まれて、毎晩蚊に刺されにやってくるようなもんです。いい加減やめたらどうだといっても、和尚は念のためだ、念のためだの一点張りの石頭でどうしようもありませんし」

「だが、一度墓荒らしが現われたのではないか」

春斎は指についた飯粒を舐めて貫太郎を見る。

「ありゃあ人ちがいだったんですよ。男と女でしたからね。人気のないところで、こそこそと密会してたんですよ。それを寺の小僧が見つけて追ったんですが、相手は大いに慌てて転げるように逃げていきました。それに、墓は荒らされちゃいませんでしたし」

和尚は心配のしすぎだと、貫太郎は愚痴をこぼす。

「男と女か……」

もしや、お清と連れの侍だったのではないかと思ったが、貫太郎はしっかり見たわけではないので、侍ではなかった気がするといった。このへんは曖昧《あいまい》である。

「こんな墓場に金を隠しているとは、賊のやることとはわかりません。お茶を……」

貫太郎が竹筒に入っているお茶を勧めるので、春斎は口をつけた。

寺社地を支配しているのは、寺社奉行である。よって、町奉行所の調べが入ることは特別なことをのぞいてまれである。これは八州廻りも同様だが、春斎はあえて無視をしているといってよかった。

もっとも、寺領内で騒ぎを起こすつもりはない。もし、予想どおりに賊が現われたときには、境内から表に誘いだすつもりである。

基本的には寺社地内で起きる事件を担当するのは、寺社奉行配下の検使である。しかし、人数は五、六人と少ない。

それは、旗本から選任される町奉行や勘定奉行とちがって、寺社奉行は譜代の大名から選任されることにある。つまり、検使は家臣で補われているのだった。市中といわず、全国にある寺社をその少人数で把握するというのがどだい無理なのだ。

よって、それぞれの神社や寺院は、独自に犯罪を防ぐ工夫を凝《こ》らさなければならなかった。霊巌寺は、市中で墓荒らしが横行しているというのを知り、急遽、身近な町の岡っ引きである貫太郎を頼っていたのだった。

「それにしても旦那、先に金を取り返したらどうなんです。場所はわかってんですから」

「そうはいかぬ、他人の墓だ。もし、間違いであればことだ」

「間違いじゃなく、その賊が金を取りに来て、墓をほじくりゃ同じことじゃないですか」

「来たら、その前に引っ捕らえる。そのつもりだ」

「……たしかなことを調べてからってことですか、なるほどねえ」

おしゃべりな貫太郎は感心した顔をして、腕に張りついた蚊をたたきつぶした。

春斎は庫裡の窓から表に視線をめぐらす。

(おれの推量でよいのだろうか……)

春斎は木札に書かれた文字の意味を解いたと思っていたが、次第に自信をなくしていた。自分の推量が違っていたら、この見張りは無駄になる。

それに、賊は今夜来るともかぎらない。明日かもしれないし、十日後かもしれない。そこまで考えたとき、春斎はハッと顔をこわばらせた。

(やはり、調べておこう)

もし、自分の推量どおりなら、そこに金箱がなければならない。推量が外れていれば、いくら見張りをしても賊はやってこないということになる。

「そうだった」

自分のしくじりに気づいた春斎は、下唇を嚙んで、急に立ちあがった。

「どうしたんです?」

「やはり、たしかめておくのが先だ。付き合ってくれ」

春斎は庫裡を出ると、墓地に向かった。霊巌寺の墓地は本坊の南方にある。その手前にはいくつかの子院《しいん》が、肩を寄せあうように並んでいる。

降り注ぐ月光に包まれた墓地はうす明るく、墓石や卒塔婆が人影のように見える。生ぬるい風が首筋を撫でてゆき、ジィ、と夜蟬が鳴いた。

そのとき、永代寺の時の鐘が聞こえてきた。捨鐘である。それから、ゆっくりひとつ、ふたつと鐘の音が空をわたっていった。

それは、宵五つ（午後八時）を知らせていた。

「旦那」

裏門のほうから寅吉の声がした。春斎が旭屋の墓石の前に立ったときだった。

声のほうを見ると、

「や、待ちやがれッ」

また、寅吉の声がした。

春斎と貫太郎は顔を見合わせるなり、一散に駆けだした。

八

春斎が裏門を出たすぐ先で、寅吉が一人の侍と対峙していた。寅吉は槍を構えている。相手の侍は抜いた刀を青眼に構えていた。そして、貫太郎の下っ引き忠吾が、一人の女を押さえていた。

「こんな刻限に墓参りとは粋なもんだ。いったいどこの墓に行くつもりだったのか、教えてもらおう。その前に刀を引いてもらおうか」

寅吉は構えた槍をさっと斜め上に振りあげて、相手をいさめている。

「墓参りは人の勝手、邪魔立てするなら斬る」

侍は連れの女を気にしながらいい返した。すり足を使って寅吉との間合いを詰める。

「先に刀を抜かれちゃ、おれだって黙っちゃおれねえさ。名を名乗れッ」

「無用なことだ」

侍が地を蹴って鋭い斬撃を送り込んだ。寅吉はさっと小腰になって、相手の刀をはね返した。侍が下がって、右八相に構えなおす。

寅吉はすかさず間合いを詰めて、足を払うように槍を振った。侍はたまらずに下がる。さらに寅吉が詰めて、相手の肩をめがけて槍を振った。かわされて、右にまわり込まれたが、寅吉は意外に敏捷である。

素早く体をひねると同時に、相手の正面に立った。忠吾に押さえられた女が、

「旦那、助けて、助けて」

と、もがいている。

寅吉は円を描くように槍先を動かすと、相手が右の踵《かかと》をあげた瞬間、一直線に突きだした。たまらず侍は下がろうとしたが、足を滑らせた。

春斎が動いたのはそのときだった。腰の刀を抜いたと思うや、その切っ先は侍の喉仏にぴたりとつけられていた。

侍は仰向けの状態で、地蔵のように体を固めた。月光にさらされたその顔は、蒼白だった。

「寅、よくやった。この男に縄を……」

春斎に指図された寅吉が素早く動き、侍の刀を奪い取って後ろ手に縛りあげた。春斎は忠吾が捕まえた女のそばに行くと、顔を隠している手ぬぐいを剝ぎ取った。

黒目がちの目がきらきらと光っていた。その顔を見たとたん、春斎は、

「おまえは、お清……」

と、つぶやいた。

お清は目に驚きの色を浮かべると、

「どういうことです。わたしたちはなにもしていないのに、ひどいじゃありませんか。放してくださいよ。どうしてこんな目にあわなきゃならないんです」

と、許しを請うように泣きそうな顔をした。

春斎はかまわずに問いかけた。

「おまえは、お清だな。米沢町の松野屋で仲居をやっていたお清であろう。そして、蝙蝠の安蔵を知っている女……」

お清は口をぽかんと開け、あたかもときが止まったように、まばたきもせずに目を瞠ったままだった。

「寅、貫太郎、この二人を番屋に連れてゆく。話はそっちでゆっくり聞こう」

春斎がいうと、お清の帯を貫太郎がしっかりつかんで、行けと顎でしゃくった。寅吉に縛られた侍のほうは、観念したようにうなだれていた。

連れてゆく自身番は、表門前町にある。墓地を抜け、境内を横切る恰好だ。

寅吉が歩きながら、侍に名前やお清とどういう間柄だと訊ねるが、侍はきりっと口を引き結んだままなにも答えようとしなかった。

墓地を抜け、表門に向かう参道に出たときだった。前に三人の男が現われた。月を背負っているので、その顔は見えなかったが、春斎たちが足を止めると、三人も立ち止まった。同時に殺気をみなぎらせた。一人はすでに刀の柄に手をかけていた。

春斎はこめかみをぴくりと動かした。相手の殺気は尋常ではない。まるで獲物を見つけた獣のように牙を剝きだし、いまにも飛びかかってきそうな危うさがあった。

「この寺に何用だ?」

三人は黙していた。そして、じっと春斎たちの様子を窺っていた。

不気味なほどの短い間――。

「浪人奉行だ。こんなところにいやがった」

右の男がつぶやくような声を漏らした。

「かまわねえ、斬れ」

真ん中の男が低くしわがれた声を発すると、即座に引き抜かれた刀が月光をはじき、黒い影となった男たちが一斉に動いた。

春斎は刀の柄に手を添えて、その動きを静かに見守った。その間にも男たちは、左右に開きながら間合いを詰めてくる。

月明かりに、一人の男の顔がさらされた。蝙蝠安の仲間、次郎だった。

そして、つぎに蝙蝠安こと安蔵の顔が見えた。四角張った顔にある双眸が、凶器のような光を発していた。

「やはり、盗んだ金はこの寺にあるのだな」

春斎は左から撃ち込んできた牧野新五郎の太刀筋を、下がることでかわすなり、刀を抜いた。そのままゆっくり上段にあげてゆく。

流麗な波紋を打つ刃が、月光にきらめいた。その瞬間、春斎は前に飛び、正面の安蔵に斬り込んだ。

下がられてかわされたが、春斎は三人の間合いを外すように山門の外に出た。安蔵と新五郎が追いかけてきたが、次郎は寅吉にかかっていった。

「まいたと思ったが、てめえも江戸に戻っていやがったか……」

刀をつかんだ手に、安蔵がつばを吐き、間合いを詰めてくる。相手を恐れぬ、気迫のある目つきだ。

横に並んでいる新五郎が、春斎の右にまわる。左より、右への攻撃が難しいことを知っているのだ。

春斎は雪駄を脱ぎ捨て、ジリッと足場を固めた。夜風が鬢《びん》を乱してゆく。脇の下にじわりとした汗。安蔵が低く刀を下げたまま、じりじりと間合いを詰めてくる。

春斎は細く息を吐きだすなり、右へ飛びながら新五郎の脇腹を下から刎《は》ねるように斬った。刀は空を切った。

刹那、横合いから安蔵が突きを送り込んできた。春斎は払い落として、上段から刀を撃ち込んできた新五郎の胸を逆袈裟に斬った。

「うごッ……」

よろめく新五郎は、自分の胸に広がる血を見て、歯を剝きだしにし、反撃を試みようと刀を振りあげたが、そのまま膝からくずおれてしまった。

春斎はそんなことにはかまわずに、安蔵の真正面に立った。安蔵は右下段に構えた刀を背後に引いている。そのために刀身が隠れ、脇腹のそばで柄頭が見えているだけだ。

春斎は大きく前に出た。一尺、また一尺。両者の間合いが一間半を切った。先に仕掛けるか、待つか。短く考えながら、今度は一寸、二寸と詰める。

安蔵の髷は乱れている。紺股引に腹掛け、着物を短く端折《はしょ》っている。寅吉と戦っている次郎も同じなりだった。

「きゃー！」

お清の悲鳴がした。直後、「待て」という寅吉の声。さらに、「しまった」という貫太郎の声が重なった。

春斎がちらりとそちらを見ると、お清が帯をつかんでいた貫太郎を振り切って、山門から駆けだしてきた。他の者たちもお清を追いかけて、寺の境内から出てきた。

ただ一人、石畳にうずくまっている男がいた。次郎だ。寅吉が倒したようだ。

「安蔵さん！」

お清は、まっすぐ安蔵に駆け寄ってゆく。

「てめえ、裏切りやがったな」

鬼の形相で罵《ののし》った安蔵の刀が、素早く一閃し、血潮が短く散った。

「あッ……」

お清は目をまるくして佇立《ちょりつ》した。口をぽかんと開け、斬られた胸に手をあてた。その手をすぐに血が濡らし、指の間からしたたり落ちた。

「ど、どうして……」

お清の最期の言葉だった。くるっと反転すると、そのままどさりと大地に倒れた。小さく舞った土埃が風に流された。

「お清ッ……」

うめくような悲壮な声を漏らしたのは、寅吉に縄を打たれて縛られている侍だった。

「きさま、また無用な殺しを……」

春斎は両眉を吊りあげて、安蔵をにらみ据えた。

「てめえも殺す」

安蔵の双眸は月光に赤く染まっていた。その目は尋常ではなかった。血も凍るほどの冷たい光を帯びているだけだった。

「げに恐ろしき悪行を、またも重ねるというか」

「ほざけッ」

安蔵は吐き捨てるなり、体ごとぶつかるような突きを送り込んできた。捨て身の攻撃だった。だが、春斎はひらりと跳躍すると、安蔵の背後に、とんと立った。

慌てて安蔵が振り返る。瞬間、春斎は右足を前に送り込みながら、安蔵の脇腹をしたたかに撃ちたたいた。目にも止まらぬ速さで棟《むね》を返していたので斬ってはいない。

それでも、安蔵は刀を落として、うずくまり動けなくなった。

「ふうっ……」

春斎は大きく肩を動かして息を吐くと、

「貫太郎、この男に縄を。斬ってはおらぬ」

と、命じて寅吉を見た。寅吉はすぐに察したらしく、

「ご安心を。やつも気を失っているだけです」

と、山門のそばにうずくまっている次郎を見た。

九

取り調べは夜を徹して行われたが、安蔵と次郎は頑として口を開こうとしなかった。しかし、春斎が推量したとおり、伏見屋から盗まれた金は霊巌寺の旭屋の墓に隠されていた。全額ではなかったが、それでも金箱には六百余両の金が詰まっていた。

取り調べは馬喰町の御用屋敷で行われたが、夜が明けて朝を迎えると、安蔵と次郎の身柄は火盗改めの役宅に移されることになった。

しかし、このとき、駆けつけてきた火盗改めの与力と同心は、捕縛した侍を見

て、あっけにとられたように驚いた。

なんと同じ先手組の者だったからだ。しかも、伏見屋の一件を増役として手伝っていた男であった。名を津森七兵衛といった。

「きさま、なぜこんなことに……」

一件を担当している同心の青木弥四郎は、目を剝いて七兵衛の胸ぐらをつかんだ。とたん、七兵衛の顔がゆがみ、お清が伏見屋の一件に関わっているのではないかと思い、探っているうちにお清に情を移し、盗まれた金を探していたと白状した。つまり木乃伊《みいら》取りが木乃伊になったという按配である。

駆けつけてきた他の火盗改めの与力・同心もあきれ返ってしまったが、とにかく詳しい話を役宅で聞かなければならないといって、七兵衛も連れていった。

その後、春斎は、此度《こたび》の口書《くちがき》と経緯書《いきさつがき》の下書きをしてから、御用屋敷を出た。いささか寝不足であったが、留守を守らせているお龍のことを考えると、早く帰ってやりたかった。

「それにしても、今日もくそ暑い日になりそうですね」

寅吉が蟬の声が広がる青空をあおいで、大きなあくびをした。

「帰ったらぐっすり休むといい」

「寝たくなくても、寝てしまいますよ」

　春斎は愚痴っぽくいう寅吉に笑みを向けて、言葉を足した。

「寅、ご苦労だったな。おまえがいて助かった。礼を申す」

「ちょ、ちょっと旦那、よしてくださいな。旦那にそんなこといわれちゃ、あっしの立場ってものがないじゃありませんか」

「いやいや、おまえが張り子の寅でないというのがよくわかった」

「あちゃ、またいわれたくないことを……でも、ま、いいか」

　寅吉はぺたんと首のうしろをたたいて、ハハハと、明るく笑った。春斎もつられて笑った。そのことで少しは疲れが癒《いや》された。

　自宅屋敷に帰ると、お龍が待ちぼうけを食らっていた子犬のように、春斎を迎えてくれた。濯《すす》ぎを出し、刀を預かり、空雑巾を持ってきながらも、口が止まらない。

「よかった、よかった。昨夜はどうしてお帰りにならないんだろうかと、気が気でなくて、ろくに眠れやしませんでしたのよ。朝は朝で、どうかご無事でありますように、と神棚にお祈りをし、それでも心配だから、伝通院にお参りに行っても来たんですよ」

「それは、すまなかった」

春斎は足を拭くと座敷にあがって、着替えにかかった。お龍はまとわりつくようについてきて、解いた帯や小袖をたたむ。その間にも、口は止まらない。

「いいんです。こうやってちゃんとお帰りになって、元気な姿が見られたのですからね。そうそう、お腹は空いていませんか。お空きでしたらすぐに支度をしますよ」

「頼もう。それから少し横になりたい」

「はいはい、ただいま支度をしますよ。お疲れでしょうから、それからゆっくりお休みください」

そういって去りかけたお龍はすぐに立ち止まって、

「わたし、いろいろ考えたんです」

という。

「なにをだい？」

春斎が座敷に腰をおろすと、お龍も戻ってきて目の前に座る。

「なにをって、わたしになぞなぞをお出しになったではありませんか。〝六・五・七・辰巳〟はどんな意味があるのだろうかって、いやだ、忘れているなんていわせませんよ」

お龍はしゃべりながら、団扇を使って春斎に風を送る。

「六は六月、五は五日……そして、七は七つ刻……辰巳は、辰年と巳年の……」

お龍ははしゃぐように、てんで見当ちがいの迷推理を披露し、それがあたっていなければ、またこういう解釈もできると、まるでとんちんかんなことをいうのであった。

お龍は得意げに話しつづけるが、春斎はその話を微笑《ほほえ》ましく聞いていた。まちがった解答でも、それはそれでよいと思った。

お龍なりに一所懸命考えてくれたのだ。

(よき女である、よき妻である)

心の底からそう思った春斎は、

「お龍、これへ」

と、自分の膝そばを示した。お龍がおそるおそる膝を進めてくる。

「もそっと、これへ」

「もっとですか」

おずおずと膝を進めるお龍だが、その顔にはある種の期待の色があった。

「もっとでしょうか」

お互いの膝がくっつきそうになったとき、春斎はお龍の手をつかみ引き寄せた。お龍は抵抗することもなく、体を預けてきた。

二人の仲を妬《や》くように、風鈴が騒がしく音を立て、一気に蝉の声が高くなった。

※この作品は双葉文庫のために
書き下ろされたものです。

双葉文庫

い-40-25

真《しん》・八州廻《はっしゅうまわ》り浪人奉行《ろうにんぶぎょう》

月下《げっか》の剣《けん》

2013年10月13日　第1刷発行

【著者】
稲葉稔《いなばみのる》

【発行者】
赤坂了生
【発行所】
株式会社双葉社
〒162-8540 東京都新宿区東五軒町3番28号
［電話］03-5261-4818(営業)　03-5261-4833(編集)
www.futabasha.co.jp
(双葉社の書籍・コミックが買えます)
【印刷所】
慶昌堂印刷株式会社
【製本所】
株式会社ダイワビーツー

【表紙・扉絵】南伸坊
【フォーマット・デザイン】日下潤一
【フォーマットデジタル印字】飯塚隆士

ISBN978-4-575-66633-5 C0193
Printed in Japan

稲葉稔

影法師冥府《めいふ》葬《おく》り

なみだ雨

長編時代小説〈書き下ろし〉

微禄で飼い殺し同然にされた不満から狂気に走り、小普請組世話役を斬殺した男を追う平四郎。馬庭念流の必殺剣が襲いかかる。シリーズ第四弾。

稲葉稔

影法師冥府《めいふ》葬《おく》り

冬の雲

長編時代小説〈書き下ろし〉

水野出羽守の下屋敷から、二万五千両が奪われた。探索を命じられた宇佐見平四郎は、新たに仲間になった孝次郎とともに備中へ向かう。

稲葉稔

影法師冥府《めいふ》葬《おく》り

鶯の声

長編時代小説〈書き下ろし〉

二万五千両が盗み出された事件の探索を進める宇佐見平四郎たちに、新たな火種が降りかかってくる！　好評シリーズ第六弾。

稲葉稔

不知火《しらぬい》隼人《はやと》風塵抄

疾風《はやて》の密使

長編時代小説〈書き下ろし〉

剣と短筒を自在に操り、端正な顔立ちで女たちを虜にする謎の浪人・不知火隼人。その正体は将軍の隠し子にして、幕府の密使だった！

稲葉稔

不知火《しらぬい》隼人《はやと》風塵抄

波濤《はとう》の凶賊

長編時代小説〈書き下ろし〉

浦賀で武器弾薬の密貿易を阻止した不知火隼人だったが、護送の最中頭目の男が自害してしまう。黒幕を追う隼人の前に、謎の美女が現れた。

稲葉稔

不知火《しらぬい》隼人《はやと》風塵抄

黒船攻め

長編時代小説〈書き下ろし〉

津軽沖から不気味に南下する謎の黒船が出現した。江戸への侵入を恐れた幕府の命を受け、不知火隼人が正体を暴くべく立ち上がる！

稲葉稔

不知火《しらぬい》隼人《はやと》風塵抄

葵の刃風《じんぷう》

長編時代小説〈書き下ろし〉

ついに自らの出生の秘密を知った幕府の密使・不知火隼人に、暗殺の魔の手が忍びよる。刺客は最凶の伊賀衆五人。はたして隼人の運命は!?

稲葉稔　八州廻り浪人奉行
天命の剣
長編時代小説

欠員補充で八州廻りとなった中西派一刀流宗家の妾腹・小室春斎。「人のために強く生きよ」との父の遺言を胸に、血腥い上州へと旅立つ。

稲葉稔　八州廻り浪人奉行
斬光《ざんこう》の剣
長編時代小説

札差「扇屋」の主従を惨殺して七千両を奪い、琉球使節まで手に掛けた虚無僧姿の賊を追う小室春斎。冬の箱根路を血風が吹き荒れる！

稲葉稔　八州廻り浪人奉行
獅子の剣
長編時代小説

八州廻りに捕縛されたはずの盗賊、蜘蛛の巣一家の残党が江戸に現れた。見事召し取った小室春斎は、賊を殲滅するため根城の川越に向かう。

稲葉稔　八州廻り浪人奉行
昇龍の剣
長編時代小説

廻村先の日光から江戸に戻った小室春斎を待っていたのは、人殺しの嫌疑と獰猛な刺客。見えない敵、張り巡らされた罠。衝撃の最終巻。

稲葉稔　闇斬り同心　玄堂異聞
撃剣復活
長編時代小説

浪人に身をやつしていた朝比奈玄堂は、柳剛流免許皆伝の豪剣を見込まれ、斬り捨て勝手の闇同心に抜擢される。痛快シリーズ第一弾。

稲葉稔　闇斬り同心　玄堂異聞
凶剣始末
長編時代小説

影同心の身分を隠し、火盗改めの大島文吾と大盗賊〝闇の彦市〟を追うことになった朝比奈玄堂。雪の江戸に快刀・岩戸一文字が炸裂する！

稲葉稔　闇斬り同心　玄堂異聞
剛剣一涙《いちるい》
長編時代小説

出奔した母を訊ねて増上寺山門で行き倒れた幼な子を助けた玄堂は、自らの孤独な境遇を重ね合わせ、子供の母親捜しに乗り出す。

稲葉稔

闇斬り同心　玄堂異聞

狼剣勝負《ろうけんしょうぶ》

長編時代小説

剣豪の同心が二太刀で斬殺された。下手人を追う玄堂の胸に、かつて立ち合いを迫ってきた、血に飢えた狼の如き剣を遣う浪人が浮かぶ。

稲葉稔

闇斬り同心　玄堂異聞

閃剣残情

長編時代小説

仁義無視の荒くれ博徒・鹿島の丈太郎一味に、仁侠を重んじる親分連中が闘いを挑んだ。血で血を洗う抗争を玄堂の剣は制圧できるか!?

稲葉稔

真・八州廻り浪人奉行

誓天《せいてん》の剣

長編時代小説〈書き下ろし〉

中西派一刀流の豪剣と誰よりも熱い人情を引っ提げて、伝説の凄腕八州廻り・小室春斎が帰ってきた！　ファン待望の新シリーズ第一弾。

稲葉稔

真・八州廻り浪人奉行

虹輪《こうりん》の剣

長編時代小説〈書き下ろし〉

凶賊〈毒蜘蛛〉捕縛のため、小室春斎は別の殺しを追う同僚の松川左門と東海道を上り始める。色欲渦巻く宿場町に、血飛沫の花が咲く！

稲葉稔

真・八州廻り浪人奉行

奇蹟の剣

長編時代小説〈書き下ろし〉

旗本の美人奥方失踪直後に起きた醤油問屋〈山城屋〉の皆殺し事件。その驚愕の真相とは？　古都鎌倉を舞台に春斎の剛剣が唸りを上げる。

稲葉稔

真・八州廻り浪人奉行

蒼空の剣

長編時代小説〈書き下ろし〉

同僚の左門を斬った凶賊〈六文銭の房五郎〉捕縛のため、小室春斎は上州へと赴くことになる。出立の朝、春斎の前に思わぬ人物が現れた！

稲葉稔

真・八州廻り浪人奉行

宿願の剣

長編時代小説〈書き下ろし〉

古河藩主・土井大炊頭が登城中に何者かに襲われた。紀伊家の関与が急浮上するなか、藩内の事情に通じた小室春斎に苛酷な密命が下る。